Satiriker Petersdorf gestorben

Berlin (ddp) • Der Berliner Satiriker und Autor Jochen Petersdorf ist tot. Er erlag am Dienstag im Alter von 73 Jahren einer langen und schweren Krankheit, wie eine Sprecherin des Eulenspiegel-Verlages mitteilte. Petersdorf war einer der bekanntesten ostdeutschen Satiriker. Einem breiten Publikum in der DDR wurde er unter anderem bekannt durch seine modernen Märchen, die er jährlich zu Weihnachten in der Fernsehsendung „Zwischen Frühstück und Gänsebraten" vorlas. Als Autor des Eulenspiegel-Verlages erreichte er ein Millionenpublikum mit seinen Funzelbüchern. Seine Leser blieben ihm nach Verlagsangaben auch nach dem Ende der DDR treu. Petersdorfs letztes Buch „Man wird doch mal fragen dürfen" ist soeben erschienen.

Jochen Petersdorf

Man wird doch mal fragen dürfen

Eulenspiegel

Mit Vignetten von Roland Beier

ISBN 978-3-359-02201-5

Umschlaggestaltung: Verlag unter Verwendung eines
Cartoons von Peter Thulke
Druck und Bindung: CPI Moravia Books GmbH

Ein Verlagsverzeichnis schicken wir Ihnen gern:
Eulenspiegel · Das Neue Berlin Verlagsgesellschaft mbH & Co. KG
Neue Grünstraße 18, 10179 Berlin
Tel. 01805/30 99 99
(0,14 Euro/Min. aus dem deutschen Festnetz,
abweichende Preise für Mobilfunkteilnehmer)

Die Bücher des Eulenspiegel Verlags
erscheinen in der Eulenspiegel Verlagsgruppe.

www.eulenspiegel-verlag.de

Inhalt

Verehrter Leser,

auch kleine Bücher können große Fragen aufwerfen. Das ist zumindest bei mir so. Ich staune oft selbst nicht schlecht.

Darf man Rührei auch schütteln?
Kann man Konkurs trainieren?
Ist Ozon-Loch ein Schimpfwort?
Werden wir jetzt affig?
Konnte Verdi trillern?

Was das soll?
Na, man wird doch mal fragen dürfen ...

Lest ein bißchen im Buch, Leute. Es sind ein paar Stellen drin ... also doch – o ja, das sind sie.

Und schönen Gruß!

Euer Jochen

Wie ich Tante Trudchen begrub

Obwohl sie eigentlich gar nicht unsere Tante war, sondern nur eine gute alte Bekannte und Freundin der Familie, war ich ganz schön traurig.

Das liebe kleine Hutzelweibchen war nun plötzlich weg. Unter der Erde. – Moment mal. Dahin sollte sie ja erst. Noch weilte sie, wenn auch sehr still und stumm, in ihrer kleinen Gemeinde, eine gute Autostunde von unserer Hauptstadt entfernt.

Und mein Golf scheintot. Und die S-Bahn reicht nicht bis dorthin, und die Beerdigung – laut Telegramm – in aller Stille, aber pünktlich, zwölf Uhr dreißig, und der Kranz, ich bin kein Knicker, nicht gerade mickrig. Kurz und gut – Taxe. Der Fahrer: »Rückfahrt müssense auch bezahlen.«

»Natürlich. Ich will mich ja dort nicht gleich mitbegraben lassen.«

»Okehhh. Hoffentlich nicht zu lange Wartezeit.«

»Is'n kirchliches Begräbnis. Junger Pfarrer. Macht's ergreifend, aber zügig.«

»Okehhh.« Erster Gang, zweiter Gang, dritter Gang, RBB: »Alle Leute wollen in den Himmel, aber sterben wolln sie nicht ...«

Ich: »Schmeckt mir aber nicht so recht.«

Er: »Wejen Trauer, wa?«

Ich: »Auch.«

Berliner Rundfunk: »Heut ist der schönste Tag in meinem Leben!«

Er: »Na?«

Ich: »Nu, ja.«

Er: »Singt Joseph Schmidt. Ooch schon tot. So gesehn harmoniert's.«

Er plauderte über Joseph Schmidt. »Der war noch kleener als Sie. Allerdings ooch 'n Zentner leichter. Aber 'ne Röhre! Mein lieber Herr Gesangsverein. Im Gegensatz zu Marijo Lanza. Ich meine gewichtsmäßig. Der spachtelte nämlich so gerne. Soll ja zum Frühstück manchmal zwanzig Eier gegessen haben. Halt ick ja für Übertreibung, oder Papplissetie. Werden wohl ooch Wachteleier gewesen sein.«

Er mußte unheimlich lachen. Und als er wieder Luft bekam, sagte er: »Det halt ick nich aus! Ich muß sowieso mal raus. Müssense ooch mal?«

Ich mußte nicht, aber wir hielten trotzdem.

Die Unterhaltung ruhte dabei. Sie kam erst wieder in Gang, als wir in Fahrt waren. Fußball, Urlaub in Spanien, Fernsehn.

Dann spielten sie im Radio den bekannten Hit »Ich find dich scheiße!«

Um zu zeigen, daß ich nicht ganz von gestern bin, sang ich mit.

»Heute früh hamse mal wieder ›Zickenschnulze aus Bernau‹ gebracht«, sagte er. »Mit Fredi Sieg. Der is nu ooch schon 'ne Weile tot.«

Er stellte das Radio ab und machte Fredi Sieg. Gar nicht mal schlecht.

Ich revanchierte mich mit Herrn Puntilas Pflaumenlied und dem Trinklied aus »La Traviata« in italienischer Sprache. Darauf ließ er den Jägerchor aus dem »Freischütz« erschallen. Allerdings mit dem Text: »Ein Bierchen, ein Bierchen. Ein Helles, ein Helles, ein Helles, ein Helles, ein Bierchen. Ein Bierchen. Ein Helles, ein Helles, ein Helles, ein Helles, ein Bumsvallera, bumsvallera! – Prost, meine Herrn – zum Wohle!«

Was ihn sehr durstig machte, denn er hielt im nächsten Dorf an und sagte: »Am besten, wir trinken erst mal 'ne Brause.« Ich trank was Kürzeres. Ein Einheimischer setzte sich zu uns und kam ins Plaudern. Ich mahnte sanft zum Aufbruch. Mein Fahrer sagte, er hätte da vorhin so eine Art Heimwerker-Laden gesehen, und er wollte nur mal kucken.

Wir fuhren hin. Es gab alles. Er kaufte fast alles. Ich half tragen.

»Können Sie überhaupt fahren?« fragte er.

»Ja.«

»Schade. Hätt ick det gewußt, hätt ick meinen kleenen Japaner mitgenommen. Habe ick mal aufn Weihnachtsmarkt gelost. Is ja 'n sehr kleines Bild. Aber gestochen. So bei längeren Strecken, wenn der Fahrgast auch Kraftfahrer ist, setz ick mir nach hinten und kucke bißchen in die Röhre. Mit ein Auge fahr ick natürlich mit.«

Ich war froh, daß er den kleinen Japaner nicht

mit hatte. Am Straßenrand stand eine Frau und winkte. »Die verkauft Pilze. Wolln wir sie nehmen?«

Wir wollten.

Im Kofferraum, so erfuhr ich, war ihm neulich ein Benzinkanister ausgelaufen. »Stinkt immer noch alles. Am besten, wir stellen den Korb vorne rein.«

Im Korb waren nicht nur Pilze. Auch ein Stamm Waldameisen. Ihn mochten sie nicht. Mich sehr.

»In jedem Dorf muß eigentlich 'ne Gemeindeschwester sein«, sagte er.

Im dritten Dorf war eine. Sie hatte ein Läppchen und essigsaure Tonerde. Der Schmerz ließ nach. Wir schenkten der Samariterin die Pilze. Ameisen waren nicht mehr darunter. Die waren alle im Auto. Wir nahmen die Sitze und den Bodenbelag heraus und schüttelten und klopften.

In der Ferne bimmelte ein Glöckchen.

»Tante Trudchen«, rief ich. »Jetzt trägt man sie weg.«

»Machense keenen Quatsch«, sagte er.

»Da kommen wir ja gar nich mehr pünktlich ran.«

Ein Jüngling kam auf einem Motorrad.

»Geht in Ordnung«, sagte er.

Ich hockte mich auf den Sozius. Den Kranz hängte ich mir um. Eine wandernde Kindergruppe winkte und rief »Bravo!«

»Hier in der Gegend läuft nämlich heute 'ne Ralli«, schrie der Motorradjüngling. »Die denken, wir sind der Sieger.«

Ein Radfahrer dachte das nicht. Es war der Sheriff. Ich hatte nur großes Geld. Er konnte nicht wechseln.

Der Fleischer konnte.

Als ich aus dem Laden kam, war der Kranz weg.

»Der Taxifahrer hat ihn eingepackt und ist losgebraust«, sagte der Motorradfreund.

Nach einer Viertelstunde kam mein Taxilenker zurück. Er sah etwas verheult aus.

»Es war der letzte Poäng«, sagte er. »Die Leute wollten sich schon wieder zerstreuen. Ihr Tantchen muß mächtig beliebt gewesen sein. Viele Schluchzer. Da konnte ich mich natürlich nicht raushalten.«

Er schneuzte sich. In mein Taschentuch.

Ich ließ es ihm. Zur Erinnerung.

So begrub ich Tante Trudchen.

Der trojanische Antek

Wenn ich früher meinen Freund Antek anrief – einen bedeutenden Chirurgen –, dann stand er natürlich meistens im OP und schnippelte und nähte.

In solchen Fällen sagte dann die Sekretärin oder Schwester Elle: »Der Oberarzt operiert. Er wird Sie dann anrufen! Schönen Tag noch!«

Als ich vorgestern meinen Freund Antek anrief – einen unbedeutenden Vertreter für Skalpelle und steriles Nähgarn –, da sagte eine wohltemperierte Damenstimme: »Der von Ihnen gewünschte Herr ist zur Zeit im Außendienst. Hinterlassen Sie nach dem Piep bitte Ihre Nummer. Er wird Sie zurückrufen.«

Ich hinterließ meine Nummer.

Aber ich kam ins Grübeln.

Er wird mich zurückrufen?

Wie soll ich das verstehen?

War ich bei ihm?

Bin ich weggegangen?

Grußlos vielleicht?

Wo ist er denn eigentlich?

Wohin wird er mich zurückrufen?

Er ist im Außendienst.

Das sagt alles und nichts.

Er kann hier um die Ecke in der Schliemannstraße sein.

Na schön, da könnte ich schnell mal hinspringen.

Aber er könnte auch in der Nähe von Troja sein, Schliemanns alter Buddelstätte.

Da soll'n sie ja noch immer buddeln. Und die alten Tonscherben sind zwar wertvoll, aber nicht die feinsten in ihrem Benehmen. Da ist schnell mal ein Finger weg oder anderes.

Da muß geschnippelt und genäht werden.

Logisch, daß Antek in solchen Fällen mit seinem Kram zur Stelle sein muß. Möglichst noch vor den Japanern.

Bloß, was soll ich dort?

Außerdem fahre ich einen gebrauchten Mazda. Bin sehr zufrieden. Warum soll ich mich also mit den Japanern anlegen? Und das Schärfste! Wer bezahlt mir die Flugreise?

Oder glaubt Antek etwa, ich komme mit meinem Fahrrad auf der Seidenstraße angestrampelt?

Ich meine, es wäre noch mal 'ne sportliche Herausforderung. Aber mein Miniskus des linken Kniegelenks ist vor der Wende nach dem Westen abgehaun und trotz Vereinigung nicht wieder aufgetaucht.

Ich würde ihn gern zurückrufen. Aber wo ist er? Wo soll ich anrufen?

»Rufe mich an in der Not«, sagt der Herr. Ich hab trotz Ungläubigkeit viel Sympathie für und Achtung vor dem Herrn. Aber ich glaube nicht, daß er meinen Miniskus im Blickfeld hat. Er hatte ja Mühe, den Weltreisen seine Stellvertreters zu folgen.

Übrigens, ich könnte wahrscheinlich nie Papst werden. Ich hätte ja wegen meines steifen Knies schon beim ersten Kuß Mühe, wieder auf die Beine zu kommen. Doch das nur nebenbei.

Ich bin mir eigentlich gar nicht so sicher, ob Antek sich wirklich in der Gegend um Troja rumtreibt. Wie kam ich denn überhaupt darauf?

Wegen Schliemann.

Aber der ist lange tot.

Den kann man außen vor lassen, würde mein Sohn sagen.

Das soll soviel heißen wie, »den kannste vergessen«.

Mein Bruder ist Fußballtrainer.

Wenn er auf seiner Trainerbank rumhopst, schreit er des öfteren »Außen vor!«

Nach dem Spiel – ob gewonnen oder verloren – werden auch die Außenstürmer mit dem Vereinsbus heimgeholt. Nicht vergessen.

Seltsam, seltsam.

Ich gehe jetzt wegen des Trabbels mit Antek öfter mal wieder in meine Stammkneipe. Auch gestern abend.

Mitten im schönsten Stammtischgespräch ruft meine Frau an: »Ist Jochen vor Ort?«

Der Wirt: »Im Bergwerk isser nich. Aber hier isser.«

Sie hat mich aber nicht zurückgerufen. Nein – zurückgepfiffen!

Zu Hause, in meinem Lieblingssessel, saß Antek. Er ist nicht mehr Vertreter. Die Skalpell-Bude ist pleite gegangen.

Antek verkauft jetzt kleine Holzpferdchen. Trojanische.

Mit uns könn'ses ja machen

(neue Strophen zum Schöbel-Oldie)

So manches im Leben,
das geht voll daneben.
Man geht manchmal fast in die Knie.
Wir zahln nur noch Steuer,
wir tanken zu teuer,
in jedem Kotelett ist Chemie.
Die Stars sind geliftet,
die Luft ist vergiftet,
sogar im Ozon ist ein Loch!
Keiner, keiner
tut was – wir leben ja noch.

Mit uns könn'ses ja machen!
Wir ham soviel Geduld.
Wir könn'n nur drüber lachen,
schließlich sind wir ja schuld.
Mit uns könn'ses ja machen!
Doch es macht uns nichts aus.
Solche Scherze gehn nur
mit 'ner starken Natur,
andre haltens nicht aus.

Die liebe Kuh Liese
muß weg von der Wiese
weil dort bald ein Möbelmarkt steht.
Die Vöglein im Walde,
die schweigen nun balde,
weil drüber ’ne Flugschneise geht.
Man killt für Moneten
den halben Planeten.
Bald fang’n wir als Affen neu an.
Keiner, keiner glaubts’s
doch wir sind schon dicht dran.

Mit uns könn’ses ja machen ...

Man wird doch mal fragen dürfen

Wann wird es keine Ossis und Wessis mehr geben?

Wenn wir gemeinsam die Umwelt so kaputtgemacht haben, daß wir wieder im Urschleim anfangen.

Kann ich mit zwölf Jahren schon Autos knacken?

Warum nicht? Aber vielleicht solltest du deinen Papa mal vom Fernseher oder Stammtisch weglocken und mitnehmen. Unter Aufsicht eines Erwachsenen macht sichs am Anfang leichter. Toi, toi, toi.

Darf ich als ABM-Kraft mit einer anderen ABM-Kraft intime Beziehungen haben?

Ja. Aber nur befristet.

Ich möchte gern Tennis-Star werden. Meine Mammi sagt, ich solle erst mal einen Beruf lernen. Welchen soll ich?

Lerne Becker.

Glauben eigentlich auch Atheisten ein bißchen an Gott?

Nicht nur ein bißchen. Beobachten Sie nur mal, wie manche Auto fahren.

Warum muß ich beim Arbeitsamt oft so lange warten?
Weil die so viel Arbeit haben.

In der Ehemaligen konnte man mit manchen Kaufhallen-Brötchen eine Straßenbahn entgleisen lassen. Heute bringt man mit einer Supermarkt-Semmel nicht mal ein Fahrrad zum Wackeln. Oder?
Stimmt. Aber die Luft geht raus.

Darf eigentlich auch der Bundeskanzler streiken?
Eigentlich ja. Es muß nur noch geklärt werden, ab wievielter Woche er Unterstützung aus der Streikkasse bekommt.

Wird schon werden

Hinz und Kunz waren entfernte Verwandte, Brüder. Hinz in Köln, Kunz in Berlin. Ost. Kriegsergebnis.

Beide längere Zeit unterdrückt gewesen. Hinz von seiner Frau. Kunz vom Regime. Durch Unterdrückung beide stark übergewichtig. Ehefrau untersagte Hinz kalorienverbrennende, harte Kegelabende. Grund: Kegelabendimmanenter Biergenuß. Regime untersagte Kunz kalorienverbrennende Teilnahme am Paris-Marathon und Extremklettern in den Dolomiten. Grund: Das Regime.

Hinz und Kunz beruflich erfolgreich. Hinz betrieb florierende Hauschuh- und Latschenfabrik. Werbeslogan: Laß dir ein paar latschen! Kunz war Redakteur des regierungsnahen Satire-Magazins »Linker Latsch«. Motto: Vorwärts latschen – rückwärts tratschen!

Die Brüder besuchten sich vor dem Mauerfall selten, danach gar nicht. Gezwungenermaßen.

Dann Besucherregelung.

Hinz kam rüber aber Kunz nicht nüber. Zu jung.

Hinz kommt. Umarmung, Tränen, Kaffeetafel.

Später Streit. Politisch. Grund: Folge von unterschiedlichem belatschert worden sein.

Beim Abschied wieder Freundschaft. Feststellung: Mauer hat uns entfremdet. Frage: Nur die?

Mauerfall.

Hinz kann kommen, Kunz kann gehen.

Kunz geht kucken und kommt wieder. Hätt er vorher auch so gemacht. Hinz kommt und bleibt erst mal. Kauft stillgelegte, ausgeschlachtete Schuhfabrik »Roter Siebenmeilenstiefel« und macht aus Fabrikhallen Pferdeställe für gehobenen Reiterhof.

Schuhfacharbeiter werden zu Stallburschen umgeschult. Lob in der Presse wegen Arbeitsplatzbeschaffung.

Kunz schreibt wie immer satirische Texte und sagt sie auch in Kabarettveranstaltungen den Leuten ins Gesicht. Hinz war auch mal im Publikum. Hinterher hat er gesagt: »War nicht schlecht, ehrlich. Aber bei Millowitsch hab ich immer viel mehr gelacht.«

Und dann hat er noch so vor sich hinsinnend gesagt: »Wat soll's! Gut Ding will Weile haben. Wir werden schon noch zusammenwachsen. Meinste nicht auch?«

»Jaja«, sagte Kunz, »ohne Rücksicht auf Verluste.«

Aschenputtel

Es war einmal ein reicher Mann, der hatte eine Frau, die war krank und starb daran.

Das kleine Töchterlein weinte gar bitterlich, denn es hatte seine Mama sehr lieb gehabt.

Der Mann weinte weniger bitterlich, denn er hatte seine Frau vor sehr langer Zeit mal lieb gehabt.

Dennoch ließ er ein prächtiges Begräbnis ausrichten, aber er sprach mehrmals leise zu sich selbst: »Scheidung wäre billiger gewesen, und das Kind hätte man der Mutter zugeschlagen. Jetzt bin ich angeschmiert.«

Dann sprach er weiter: »Laß die Toten ruhn!« und nahm sich eine Lebendige. Die hatte eine bewegte Vergangenheit und zwei erwachsene Töchter.

Die Töchter waren zwar von stattlicher Körperhöhe, aber richtige Giftzwerge. Sie schikanierten ihre Stiefschwester, wo sie nur konnten.

Während sie selbst, die Töchter, stundenlang bunte Illustrierte lasen, mußte die Stiefschwester stundenlang Erbsen lesen.

Aus der Asche.

Deshalb nannte die böse Stiefmutter das Mädchen auch Aschenputtel, und die Töchter wieherten einfältig vor Vergnügen.

Denn sie merkten nicht, daß sie auch nur Asche lasen.

Aschenputtel trug ihr Schicksal mit Geduld, denn es hatte mal einen Parteiredner sagen hören: Gäbe es keine unteren Schichten, wäre niemand motiviert, sich nach oben zu arbeiten.

Außerdem hatte das brave Mädchen beim Erbsenlesen fleißige Helfer. Es waren als Tauben kostümierte Studenten der Musikhochschule »Richard Tauber«.

Sie verlangten keinen Lohn für ihre Hilfe. Ihnen genügten die schlechten Erbsen, denn damit beschossen sie mittels Katapult in Freireuth bestimmte Festspielgäste und Regisseure.

Eines Tages gab der König ein großes Fest.

Er lud dazu durch Postwurfsendung alle Schönen des Landes ein.

Grund: Der Prinz und designierte Thronfolger brauchte eine attraktive Gemahlin, die er bei Auslandsbesuchen ohne Hemmungen vorzeigen konnte.

Aschenputtels Stiefmutter und ihre Giftzwerge warfen sich natürlich sofort in die teuersten Fummel und rasten zum Ball.

Vorher warfen sie dem armen Mädchen noch einen Sack Erbsen in die Asche und riefen höhnisch: »Mach dir 'n gemütlichen Abend!«

Da kamen die Tauberiche und sprachen: »Sei nicht doof. Draußen am Brunnen vor dem Tore, da steht ein Lindenbaum. Aus dem kannst du die schärfsten Model-Kleider schütteln!«

Aschenputtel flitzte hin, klopfte dreimal auf Holz und rief:

»Bäumchen rüttel dich
und schüttel dich,
wirf Ohdkotür-Zeug
über mich!«

Da gab es einen leisen Knall, und Aschenputtel trug vom Kopfe bis zu den Füßen die prächtigste Abendrobe der Welt und war schön wie der junge Morgen.

Kein Wunder, daß der Prinz beim Ball sofort ein Auge und sich selbst auf die Schöne warf, denn er hielt sie für das Top-Model Laura Binnenschiffer.

Das war natürlich ein Irrtum, denn die echte Laura drehte gerade einen Werbe-Spot für Laufsteg-Schuhe Marke »Molto Beene«.

Aschenputtel hielt den Prinzen für den weltberühmten Opernstar Tassilo Flamingo, denn er sang pausenlos: »Reich mir die Hand, mein Leben, komm auf mein Schloß mit mir!«

Das ließ sich die Schöne nicht zweimal sagen.

Aber sie stolperte über eine Unebenheit der Protokollstrecke und verlor eines ihrer zierlichen Schühchen.

Dadurch kam eine schwarze Socke zum Vorschein, und Aschenputtel rannte vor Scham davon.

Der Prinz wetzte mit dem liegengebliebenen Schühchen hinterher und suchte unter all den Balldamen den passenden Fuß.

Die Giftzwergtöchter riefen sofort: »Come here! Come together!«

Aber ihre Füße hatten das Format von Flurschadentretern.

Da hackte sich eine den großen Zeh und die andere ihre Ferse ab.

Beide hatten sich geschnitten, denn der Prinz gab großzügig Fersengeld und verduftete.

Er irrte tagelang durchs Land, klapperte alle Nobelherbergen und Szene-Kneipen ab – aber nirgends fand er die angebetete Schöne.

Da wandte er sich an die Detektiv-GmbH »MfS«, das hieß: »Mir finden se.«

Aber die Jungs brauchten gar nicht zu suchen. Sie kramten nur in ihrer Erinnerung und sagten: »Aschenputtel, mittelgroß, parteilos, unauffällig religiös, ehemals Straße des Roten Oktober, jetzt Lila-Pause-Promenade, Jungfrau.«

Der Prinz staunte, engagierte die Herren für seine Wach- und Schloßgesellschaft und galoppierte zum Aschenputtel. Er herzte und küßte sie, machte sie zur Frau und dann zu seiner Gemahlin.

Die böse Stiefmutter und ihre Giftzwergtöchter aber brachte er beim Fernsehen in der Serie »Protzki« unter. So waren sie bald landesweit in Verschiß, und kein Hund nahm ein Stück Brot von ihnen.

So hart waren damals die Strafen – und wenn sie nicht gestorben wären, gäb's die Sendung heute noch.

Verdi auf Trillerpfeife

Das brave Rotkäppchen und ihr liebes Mütterchen saßen im gemütlichen Stübchen. Die Mutter las in einer bunten Illustrierten alte Witze, und Rotkäppchen schrieb zwei Liebesbriefe an heißgeliebte Typen. »Einer von beiden wird schon anbeißen«, sagte sie dabei.

»An wen schreibst du überhaupt?« fragte die Mutter.

»An Harry Potter und Dieter Bohlen.«

»Ich kenne nur Harry Potter«, sagte die Mutter.

»Das reicht völlig aus«, meinte Rotkäppchen – und die Mutter las weiter. Sie stieß auf den Artikel »Alkohol macht Männer hohl«.

»Dein Vater hat nie einen Tropfen getrunken!«

»Weil du immer schneller warst«, sagte Rotkäppchen.

»Jetzt reicht's!« rief die Mutter. »Noch so eine Unverschämtheit und du bekommst nichts zu Weihnachten!«

»Es heißt an Weihnachten!« sagte die Kleine, »Und ich möchte so gern einen Joy-Stick haben!«

Da fiel die Mutter vor Entsetzen aus dem Schaukelstuhl, denn sie hielt das Ding für einen schlimmen Finger von Beate Uhse.

Als sie von Rotkäppchen erfuhr, daß es sich um eine Art Steuerknüppel für Flugzeug-Computerspiele handelte, atmete sie auf, aber dachte insgeheim, »Ganz astrein ist die Sache nicht.« Dann wechselte sie da Thema und sagte: »Ich glaube, wir sollten uns mal wieder um die Oma kümmern. Haben ja lange nichts von ihr gehört.«

Rotkäppchen meinte: »Vielleicht ist sie in die Rasterfahndung geraten! Als Schläfer!«

»Wieso als Schläfer?«

»Na, die pennt doch immer bis mittags!«

In diesem Moment vibrierte Rotkäppchens Handy. Es war die Oma. Sie teilte mit, daß es ihr wieder recht gut gehe und sie sogar wieder Zwieback kauen könne, weil sie sich die Piercing-Perle wieder aus der Zunge rausgemacht habe. Ihr Hexenschuß ist auch fast weg, aber sie muß weiterhin ganz krumm gehen, denn die AOK hat ihr die Krücke gekürzt.

Die Mutter sagte: »Am besten fährst du mal raus zur Omi und guckst nach dem Rechten!«

In der Lindenstraße begegnete der Kleinen ein Zug vermummter Gestalten, flankiert von Polizei.

»Haben sie wieder Radikale verhaftet?« fragte Rotkäppchen eine Polizisten.

»Nee, nee«, sagte der. »Wir begleiten einen Schweigemarsch anonymer Steuerschwindler und Parteispender!«

Aus der Ferne näherte sich ein weiterer Zug. En paar hundert Leute machten ohrenbetäubend Lärm auf Trillerpfeifen. »Was seid ihr den für welche?« fragte Rotkäppchen einen Pfeifer.

»Wir sind von Verdi«, sagte der.

Rotkäppchen summte leise den Freiheitschor aus Nabucco und sagte: »So ein herrlicher Komponist und so ein Abstieg auf Trillerpfeife!«

An einem Kino standen viele Menschen an nach Karten für einen neuen James-Bond-Film.

Rotkäppchen sagte zu einem älteren Herren: »Kennen sie die Lieblingsspeise von James Bond?«

»Nein«, sagte der alte Herr.

»Rührei«, sagte Rotkäppchen, »Rührei – aber geschüttelt, nicht gerührt!«

»Freche Rotzgöre!« rief der alte Herr, woran man erkannte, daß er kein alter Herr war, sondern eine alter Muffelkopp.

Rotkäppchen rollte aus der Stadt heraus.

Auf dem Weg durch den Wald kam sie am Haus der Hexe aus der Hänsel-und-Gretelstory vorbei. Die Hexe hockte auf dem Dach und montierte ein seltsames Gestell.

»Nieder mit den fossilen Brennstoffen!« rief sie. »Ich stelle auf Sonnenenergie um!«

»Aber gnädige Frau«, sagte Rotkäppchen, »durch die Baumwipfel kommt doch kaum ein Sonnenstrahl!«

»Die Bäume können ja weg«, sagte die Hexe, »hier entsteht ein Forschungszentrum für Umweltschäden!«

Plötzlich kam der Wolf angehechelt.

»He, Alter!« rief Rotkäppchen, »warum denn so

eilig? Willst du etwa die Großmutter fressen gehen?«

»Wo lebst du denn!« antwortete der Wolf. »Weißt du, wie viele Emulgatoren, Stabilisatoren, Geschmacksverstärker, Verhärter, Weichmacher, Verdickungsmittel und Aromastoffe eine zeitgemäß ernährte Oma im Leibe hat? – Das hält kein Wolfsmagen und kein Saumagen aus! Nee, nee, ich lebe nur noch vegetarisch. Und jetzt muß ich mich sputen. Der Schönheitschirurg wartet schon. Ich laß mir nämlich die Tränensäcke glätten und die Rute etwas versteifen. Also Tschau!«

Die Oma saß im Bett, und die sieben Zwerge hockten auf der Bettdecke und sangen: »Veronika, der Lenz ist da!«

Rotkäppchen sagte: »Oma, Weihnachten ist da und nicht der Lenz.«

Die Omas sagte: »Die armen Kerle sind arbeitslos und machen bei mir 'ne Umschulung als Comedian Harmonists.«

Da lachten alle – und als dann noch der alte Oberförster mit einem Rucksack voll Rotkäppchensekt erschien, herrschte bald schöne Stimmung, und alle tanzten um den Lichterbaum herum und sangen: »Morgen kommt der Weihnachtsmann mit seinem Sack vorbei – und wenn er stecken bleibt im Stau, kommt er zum ersten Mai! Juchhei!«

Die Ordensfeier

Ich komme – abgehetzt ein wenig –
von Biedenkopf, dem Sachsenkönig.
Denn der gab auf dem Königstein
heut eine Feier, groß und fein.
Der Anlaß war 'ne Preisverleihung.
Es gab kein'n »Oscar« und dergleichen,
kein'n »Golden Globe« und andern Plunder.
Nein! Man verlieh das »Blaue Wunder«.

Das ist ein Orden, eckig, rund,
er zeigt auf blauem Untergrund
ein schöngemaltes goldnes Herze
durchbohrt von einer Wunderkerze.
Das ist natürlich ein Symbol
und 'ne Idee von Helmut Kohl,
sowohl für'n Osten wie für'n Westen,
Doch hier im Osten will man's testen.

Den Orden gibt's, das ist der Kracher,
nicht für Verdienste großer Macher,
nicht für getane, große Taten, den gibt's –
ich kann es euch verraten –
im voraus, also prophylaktisch,
für alle, denen's heute praktisch

noch ziemlich gut geht und die eben
ihr blaues Wunder noch erleben.
Das heißt: Ein jeder kann, wie fein,
mal Ordensträger sein. Haut rein!
Doch heut gibt's ihn noch nicht in Massen:
Man muß noch Massen prägen lassen.
Drum zahln wir, so was ist ja teuer,
ab nächste Woche Ordenssteuer.

Das alles muß gefeiert sein.
Und das war auf'm Königstein.
Ich war Beobachter beim Feste
und sah sehr viele Ehrengäste.
Schröder selbst war nicht erschienen,
's gab traurige, aber auch frohe Mienen.
Man hat sich auch nicht sehr beklagt,
daß Scharping hatte abgesagt.

Doch Kohl war da, aber anonym,
er war geschminkt als Norbert Blüm.
Mit einem Wort, viel Menschen gab's
und viel Gedränge,
ich ging durch Säle, Stuben, Gänge.
In einem Saal sang Emmerlich:
»Mein Ostgeld war ganz jämmerlich!«

In einem andern Saal, ich war ganz platt,
da fand ein Damenboxkampf statt.
Christiansen steckte gerad im Ring

ein' Tiefschlag ein von Kock am Brink.
Ich ging zu Leuten und fragte sie:
»Sagen'se mal, um welchen Titel
kämpfen die?«
Da sprach die Frederic als Kenner:
»Es geht um nischt, es geht um Männer.«

Und Kati Witt – ohne Verdruß –
gab Super-Illu Interviews.
Dabei enthüllte sie den Knüller,
im nächsten Playboy Jutta Müller.
Da sprach Hella von Sinnen leis:
»Ich ging, wenn ich so aussäh, auch aufs Eis!«
Sie wurde getröstet, klarer Fall;
der Seelentröster hieß Karl Dall.

Dann drang erneut Gesang ans Ohr.
Es sang ein Arbeitslosenchor.
»Völker höret die Signale.«
Im Hintergrund die Glücksspirale.

Ich schlurfte auf dem Burghof weiter
die Menge wurde langsam heiter.
Es gab zu trinken und zu spachteln,
viel Gold am Hals von alten Schachteln.
Am Burgwall gab es Wildschweinbraten,
der war ein wenig hart geraten –
fast allen vielen Zähne aus.
Ein Zahnarzt spendete Applaus,

verteilte gleich Visitenkarten und sprach:
»Wer gleich kommt, muß nicht warten.«

Dann strömte alles Volk zusamm'
es gab einen Bühnenshowprogramm.
Die Kastelruther, Klostertaler,
die Flippers und die Zillertaler,
dazu Karl Moik als Stimmungsmacher
und Tony Marshall, der Uraltkracher ...
Die Oststars hockten auf den Bäumen
und taten still von damals träumen.

Doch Lutz Jahoda traf noch ein
mit 'nem neuen Baby, ziemlich klein.
Er legt's an die Brust und sang als Knüller
»Ich bin ein stiller Stiller ...«
Danach sang noch Stefanie Hertel
Trompete spielte Florian Oertel.

Doch auf der Festung Königstein,
da muß ja auch 'ne Talkshow sein,
und dazu kam auf 'n Sprung geschwind
Angela Merkel, das Pfarrerskind.
Der Wind zersauste keck ihr Haar,
was optisch fast erotisch war.
Dann sprach sie ernst zur ernsten Lage,
sah auch nach vorn auf fernere Tage
Und rief am Ende froh und munter:
»Die CDU geht niemals unter!«

Selbst Stoiber sprach zu ihr gerührt:
»Oh, Sie haben sehr gut agitiert!«
Da sprach Angela nur: »Ach Gott,
das lernt man in der FDJot.«

So war es auf dem Königstein.
Ich dachte schon, das wird's wohl sein.
Da kam Frau Birthler, hoch zu Pferde
als Pythia der Gauck-Behörde.
Ich las meine Akte, und mußte
erfahren, was ich noch nicht wußte
und was bis dato mir ganz fremd war,
daß ich ein doppelter Agent war.
Jawohl, ich hab als Bierspion gezecht,
unter dem Namen Schluck und Specht.

Es soll auch kein Geheimnis bleiben.
Ich werde Memoiren schreiben.
Doch nein, ich laß es lieber sein,
es fällt ja schon so vielen ein.
So mancher ist heut als Erzähler
fast stolz auf Dummheit oder Fehler.
Was schlecht hier war – wir baden's aus.
Die schuld sind, machen Geld daraus!

Gnade für den Jackpotknacker

Vor etlichen Wochen traf ich den kleinen Wilfried völlig überraschend.

Er sah elend aus. Doch Näheres dazu später. Zunächst große Begrüßung:

»Mensch, alter Hund! Gut siehste aus!« In dieser Art.

Wir hatten uns in den letzten Jahren etwas aus den Augen verloren.

Vor Urzeiten haben wir mal gemeinsam studiert. Das heißt, wir taten so, als ob wir täten. Aber weil wir kurz vor Semesterabschluß, kurz vor den Prüfungen tatsächlich etwas taten, schafften wir einen Abschluß und wurden auf die Menschheit losgelassen.

Die Menschheit bestand aus Mecklenburgern und Vorpommern, die sich offiziell aber DDR-Bürger des Bezirkes Neubrandenburg nannten. Für den Ackerbau und Viehzucht treibenden Teil davon machten der kleine Wilfried und ich eine Zeitung. Dorfzeitung.

Jeder von uns tat dies in einem anderen Kreis, aber das Gemeinsame unseres Tuns bestand darin, daß wir als Stadtmenschen den Genossenschaftsbauern mitzuteilen hatten, wann das Korn reif ist und wie man einer »Rauhfutterverzehrenden Großvieheinheit«, auch Kuh genannt, mit geringstem Aufwand sehr viel Milch abzapft. Die Bauern fanden das lustig, und weil es uns leichtfiel, lustig mit ihnen mitzutrinken, waren es ganz lustige Jahre.

Man trank allerdings nicht stumpf vor sich hin, man gab auch dem Geist Beschäftigung.

»Kontra Reh und Bock« waren die meistgebrauchten Reizworte, die den kleinen grauen Zellen Farbe verliehen. Kartenspiele waren eine Macht, und der kleine Wilfried diente dieser Macht in Treue und Ergebenheit. Ohne ihn kein Preisskat, und kein Preisskat, bei dem er nicht wenigstens den dritten Preis abfaßte. Oft war er der Turniersieger. Er ließ sich dazu stets fotografieren und veröffentlichte das Foto in der von ihm fabrizierten Zeitung. Dadurch war er in seiner Gegend bald genau so ein Star wie Sinatra in Las Vegas. Soviel über jene Jahre.

In der Folgezeit schlugen wir uns – der kleine Wilfried und ich – in unterschiedlicher Weise durch allerlei Unterholz und Gestrüpp des Blätterwaldes.

Mitteilungen darüber dürften für den Leser aber sicherlich kaum von Interesse sein. Nur so viel: Letztlich führten unsere Wege in die Hauptstadt der Ehemaligen und Jetzigen, in der wir uns – Gott weiß warum – erst vor einigen Wochen über den Weg liefen.

»Mensch, alter Junge!« Und so. Hatte ich ja

schon erwähnt. Jetzt weiter.

»Gut siehste aus!« sagte ich, obwohl er mager und abgehärmt war. Ich vermutete, daß die ständigen nervenzerfetzenden Skatturniere doch allmählich an der Substanz genagt hatten. Aber ich fragte mit harmlos-fröhlichem Tonfall: »Na, was macht das Gebetbuch des Teufels? Heutzutage winken doch sicherlich andere Preise als 'ne Dauerwurst oder ein altgedientes Suppenhuhn!«

»Skatspiel ist out«, antwortete Wilfried, »halten meine Bronchien nicht mehr aus. Zuviel Qualm, Bierdunst, Küchengeschnöker!«

»Aber ein Spieler wie du kann doch nicht völlig trocken stehn!« rief ich.

»Ich hab ja jetzt die Pferde«, sagte er, und in seine etwas matten Augen kam ein feuriges Funkeln. Dann erzählte er mir sichtlich erregt, daß er am Sonnabend auf der Trabrennbahn schon wieder zwei große Einläufe hatte.

»Das ist ja mörderisch!« schrie ich und war nahe daran, seine hohlen Wangen zu küssen.

»Warum läßt du das mit dir machen? Und vor allem in dieser Umgebung?«

Heute weiß ich, welchem Irrtum ich damals unterlag. Denn der kleine Wilfried hat mich eingeführt in die Welt des Trabrennsports.

Wir versäumen kaum eine Rennveranstaltung.

Anfänglich hatten meine Bronchien am Qualm in der Wetthalle mächtig zu knabbern.

Wilfrieds haben wahrscheinlich das Knabbern für immer aufgegeben. Er schlägt sich, so glaube ich, mit der sogenannten Bauchatmung durch. Das geht auch ohne Bronchien. Außerdem geht man ja, sobald die Wetten gemacht sind, jedesmal für 3 bis 4 Minuten ins Freie, um das Rennen zu verfolgen.

Wobei das Rennen, so meint Wilfried, eigentlich gar nicht das Wichtigste ist. Aber man braucht es, um zu wetten.

Sieg, Platz, kleiner Einlauf; großer Einlauf.

Was Sieg heißt, weiß jeder Anfänger.

Als Fortgeschrittener weiß ich: Bei Platz muß der von mir erwählte edle Gaul unter den ersten drei sein. Gleich, an welcher Stelle. Beim kleinen Einlauf muß ich die ersten beiden, beim großen Einlauf die ersten drei voraussagen. Allerdings in der richtigen Reihenfolge.

Einfach ist das nicht, vor allem, wenn mehr als drei Pferde laufen und man sich nicht mit ihnen besprechen kann.

Das können wahrscheinlich nicht mal die im Sulky sitzenden Rosselenker.

Nur Wilfried kann mehr.

Er kann voraussagen, daß »Amselpfiff« unschlagbar ist, wenn »Gorgonzola« wegen Galoppierens disqualifiziert wird, und daß, wenn »Gorgonzola« glatt geht, »Amselpfiff« höchstens auf den vierten Platz läuft, damit es nicht nach Niederlage aussieht, sondern mehr nach Reifenschaden oder Migräne. Dies alles weiß Wilfried, und er hat schon so manchen Einlauf getroffen. Allerdings nie bei jenen Rennen, in denen »Amselpfiff« und »Gorgonzola« liefen.

Wilfried trifft stets sogenannte Volkseinläufer, das heißt, er teilt sich mit ein paar hundert Wettern die Quote.

Aber er ist glücklich, wenn er für ein eingesetztes Pfund zwanzig Mark Gewinn einstreicht.

Sagt er jedenfalls. Aber ich sehe, wie es ihn wurmt. Ein Siegertyp ist kein Herdentier. Deshalb hat er sich neuerdings aufs Jackpotknacken verlegt.

Worum geht's?

Immer wieder passiert es, daß in irgendeinem Rennen niemand den großen Einlauf trifft. Bei kleinen Einläufen kommt es auch vor.

Dann verkünden Lautsprecher und Monitor: »Einlauf nicht getroffen. Es gibt einen Jackpot von x-tausend Mark. Jackpot kommt im zehnten Rennen zur Ausspielung!« Bedenkt man, daß die Wettgelder des zehnten Rennens noch dazukommen, dann sieht der Jackpotknacker nicht nur einen Silberstreif am Horizont, sondern Gold vor seinem Auge. Dem geistigen.

So geschehen vor drei oder vier Wochen. »Haste 'n Scheck mit?« fragte Wilfried.

»Ja.«

»Dann laß dir an der Hauptkasse dreihundert Mark auszahlen. Wir machen 'ne großangelegte Kombi und knacken das Ding!«

Die Kasse zahlte, Wilfried knackte. Theoretisch.

»Echte Siegeschancen haben«, sagte er, »›Donna Doria‹, ›Mäkseneif‹, ›Charly Schocker‹, ›Loveparade‹ und ›White Christmas‹. Zweiter oder Dritter können werden: ›Polli Ester‹, ›Weija Konditor‹, ›Ed von Schlick‹ und der Rest.«

Es siegte eine vom Rest.

»Miss Piggi«, eine magere Altersstute, die sich vor dem Ende ihrer Tage einen Jugendtraum erfüllte.

Der aufgestockte Jackpot kam am nächsten Renntag zur Ausspielung.

Ich nahm keinen Scheck mit. Nur eine recht dünne Brieftasche.

Wilfried war stinksauer.

»Wer knacken will, muß fröhlich sein«, schrie er, »aber dein Geiz ist ein Trauerspiel!«

Wir knackten den Jackpot. Nicht nur wir. Denn die ersten drei Pferde waren die, die immer die drei ersten sind. Kleingeld klimperte in allen Taschen. An jenem Tag wechselte Wilfried von der Rennbahn zur Lotto-Bude.

Es gab in dem Spiel »Sex mit 49« einen Jackpot von nahezu zwei Millionen.

»Geteilte Freude ist doppelte Freude«, sagte Wilfried, »los, nenne dein Geburtsdatum, ich nehme meins.«

Wir kreuzten 12, 10, 34 und 3, 9, 35 an.

Wilfrieds Zahlen wurden gezogen. Meine nicht im entferntesten. »Mit so einem bescheuerten Geburtstag kann man keinen Jackpot knacken!« schrie Wilfried und warf mir seine Geldbörse an den Kopf.

Aber es war sein Schlüsselbund.

Wilfried wohnt aus Gründen der Romantik in einem stillgelegten Wasserturm. Der Turmschlüssel wiegt zwei Kilogramm.

Mein Bettnachbar ist ein Verwandter von Henry Maske. »Wenn ich aus'm Krankenhaus raus bin«, sagt er, »dann niet ich deinen Wilfried um!«

»Quatsch«, sage ich, »wir lassen Gnade walten! Der Junge kann nichts dafür. Es ist sein Spieltrieb. Sein Knackdrang ist der Knackpunkt.«

Heute hat mich Wilfried besucht. Er überreichte mir 61 Rosen und ein Bündel Tausendmarkscheine. »Bist du verrückt!« rief ich. »Wo hast du die ganze Kohle her?«

Er hatte einen Tresor geknackt. Ohne Gewalt. Nur mit den Zahlen meines Geburtsdatums.

Jackpot

Ich habe den Jackpot geknackt
und 13 Millionen eingesackt.
Ach, man glaubt ja nicht,
wie sich alle freuten.
Tag und Nacht war ich umringt
von durst'gen Leuten.
Heute lebe ich von Flaschenpfand
und laufe nun fast nackt –
doch, ich habe den Jackpot geknackt.

Es trifft immer nur die Kleinen

(leises Lied zur Laute zu singen)

Es trifft immer nur die Kleinen.
Egal, was kommt, nur die sind dran.
Weil man besonders leicht den Kleinen
auf den Hut, ja auf den Hut haun kann!

Blitz und Donner überm Zoo.
Wolkenbruch wie nie,
Flamingo meldet Wasserstand:
Drei Strich überm Knie.
Zickige Giraffe schreit:
»Schockt mich keinesfalls!
Doch dem Hasen und dem Igel
stehts Wasser bis zum Hals!«

Es trifft immer nur die Kleinen.
Egal, was kommt, nur die sind dran.
Weil man besonders leicht den Kleinen
auf den Hut, ja auf den Hut haun kann!

Stand 'ne Rentnerbank im Park,
Ententeich davor.
Heut steht da 'ne Dresdner Bank,
mit Superstahltresor.

Kinderspielplatz gut und schön!
Wer solls finanziern?
Supermarkt rentiert sich mehr.
Auch Kinder konsumiern!
Es trifft immer nur die Kleinen ...
Steuerschuld dreitausend Mark.
Nicht sehr elegant.
Drei Millionen – Holiday
in Miami am Strand.
Junge Leute braucht das Land!
Mit fünfzig fliegste raus!
Doch gehst du in die Politik,
hältst du's bis hundert aus.

Es trifft immer nur die Kleinen.
Egal, was kommt, nur die sind dran.
Weil man besonders leicht den Kleinen
auf den Hut, ja auf den Hut haun kann!

Sparen, sparen heißt es heut,
die Kassen, die sind leer.
Der Rentner macht den Staat kaputt,
sagt der Millionär.
Es kommt der Tag, da geht der Staat
als Bettler durch den Park
und sagt zum Rentner auf der Bank:
»Eh, haste ma 'ne Mark?!«

Es trifft immer nur die Kleinen.
Egal, was kommt, nur die sind dran.
Weil man besonders leicht den Kleinen
auf den Hut, ja auf den Hut haun kann!

Große Rummelattraktion:
Schönes Riesenweib.
Lebt seit zwanzig Jahren schon
ohne Unterleib.
»Schade«, sagte Fridolin,
»nichts für'n kleinen Mann.
Oben reicht man gar nicht ran,
und unten ist nüscht dran!«

Es trifft immer nur die Kleinen.
Egal, was kommt, nur die sind dran.
Weil man besonders leicht den Kleinen
auf den Hut, ja auf den Hut haun kann!

Von Mensch zu Mensch

»Die Gäste benehmen sich wie die Schweine«, sagte der Kellner. »Die Kellner werden immer fauler und unverschämter«, sagte der Gast. »Die Schnäppchen reißen sich die Verkäuferinnen selber unter den Nagel«, sagte der Kunde. »Die Kunden behandeln einen wie den letzten Dreck«, sagte die Verkäuferin. »Man ist doch nur Freiwild für den Autofahrer«, sprach der Fußgänger. »Durch diese schlafmützigen Fußgänger schwebt man ständig in Lebensgefahr«, meinte der Kraftfahrer. »Das Publikum wird immer blöder«, artikulierte der Schauspieler. »Auf der Bühne mimen sie den Saubermann und privat sind sie völlig versumpft«, flüsterte der Zuschauer. »Die Jugend wird immer hemmungsloser«, schrie Opa Krause. »Dieser Krause, ein scheintoter alter Sack«, sagte der Jugendliche.

Gestern sprach ein Redner. Zu Kellnern, Verkäuferinnen, Fußgängern, Kunden, Jugendlichen Autofahrern, Gaststätten- und Theaterbesuchern, Schauspielern und Opas. Der Redner sagte: »Wir sollten uns alle mehr achten!«
Langanhaltender Beifall.

Der schlaue Engel

Eusebius Engel hat ein sogenanntes Grundstück am Ende der Großstadt. Etwas Rasen, ein paar Bäume, ein paar Beerensträucher, ein Blumenbeet, ein Erdbeerbeet, einen Komposthaufen, eine Holzbalkenkonstruktion, an der eine Enkelkinderschaukel baumelt – und außerdem hat er auf diesem Grundstück ein geschmackvolles Wochenendhäuschen aus Material, für dessen Erwerb eine alte Frau sehr lange stricken müßte.

Sei's drum. Engel hat's. Nicht zu Unrecht sein Spitzname: der schlaue Engel.

Aber Eusebius hat's nicht leicht. Er möchte sich wohlfühlen auf seinem Grundstück.

Und wohlfühlen kann man sich nur, wenn man sich nicht nur in der Sonne sonnen kann, sondern vor allem auch im Neid der Nachbarn.

Die aber sind keine Hungerleider. Sie schüren genau wie Eusebius das Holzkohlenfeuer und lassen fette Schweinekamm- und Rostbratwurstdüfte gen Himmel steigen. Sie räuchern gelegentlich Aale und andere Binnenseeungeheuer und lassen die Gläser so hell und so schnell klingen, daß jedem Zuhörer klar wird: Hier findet keine Billigsause statt. Hier leisten sich welche was, die sich's leisten können.

Und was die Kompaktstereoanlagen aus ganz

ordinärem Wechselstrom herauskitzeln, das läßt die Ohren flattern und macht Roland Kaiser zum Herzschrittmacher des gesamten Waldfriedhofs.

Kein Wunder, daß Eusebius Engel mit dem härtesten Hardrock dagegenhält und den Sekt so lange schüttelt, daß die Korken faustgroße Löcher in die benachbarten Nobelbuden reißen.

Nun muß man aber gerecht sein und vermerken, daß die Feierei nur ein Teil der Erholung ist. Vielleicht sogar der kleinere. Denn im Vordergrund steht die Bautätigkeit. Die Betonmischer laufen sich einen Wolf, und die Bohrmaschine durchlöchert Bohlen und Balken und zuweilen Prinzipien.

Engel hat sich eine Garage gebaut. Weil der Golf die ganze Woche vor der Stadtwohnung unter freiem Himmel nächtigen muß, soll er wenigstens am Wochenende mal eine feste Bleibe haben. Engels Nachbar hat aus seiner Garage eine Sauna mit Fitness-Raum gemacht. Er will den BMW auch lieber im Freien halten. Da kann er ihn besser sehen und sich besser dran freuen.

Engel hätte auch gern eine Sauna. Mit Tür zum See. Tüchtig abschwitzen und dann, heidiwitzka, Kopfsprung ins Wasser.

Aber der Platz reicht nicht aus. Eusebius hat nur einen schmalen Bootssteg. Aus dem hat er eine Kegelbahn gemacht. Mit automatischer Kegelaufstellung und Leuchtanzeige. Leider kegelt er recht stümperhaft. Er schiebt viele Ratten. Der halbe See ist schon voller Kugeln. Jetzt macht Engels Frau einen Taucherlehrgang.

Engel selbst trägt sich zur Zeit mit dem Gedanken, das Auto aus der Garage zu nehmen und stattdessen dort ein Reitpferd unterzustellen. Denn Engels rechter Nachbar hat Ponys.

Aus allem hier Geschilderten wird man nun wohl unschwer erkennen, wie sehr so ein Grundstück doch die Schöpferkraft des Menschen beflügelt und der Seele jene Kräfte zuführt, die das Alltagsleben so unerbittlich fordert.

Warten wir ab, zu welchen Leistungen Engel noch finden wird. Im Moment ist ein Neuling Gesprächsstoff der ganzen Siedlung. Der Neuling hat ein Ofenrohr in seinen Rasen gebohrt, und mehrmals am Tag ruft er in das Rohr hinein: »Aye, aye, Sir! Drei Strich backbord und volle Kraft voraus!«

Bislang weiß keiner: Ist der Kerl ein Schelm, oder hat er wirklich ein U-Boot unter der Klitsche.

Wenn ja, wird es für alle schwer, mit irgendwas drüberzugehen.

Musik und Zeit

Die Schlagerschnulze – in der Bar
(geschluchzt von Meikel Macher,)
ist künstlerisch – das ist wohl klar –
nicht gerad der größte Kracher.

Der Freiheitschor im Opernhaus
hat andre Dimensionen.
Er drückt so viel Gedanken aus,
die sich zu denken lohnen.

Doch gestern nacht in einer Bar
hat Opernsänger Schulze
ganz zart geküßt ein Lippenpaar
beim Tanze nach der Schnulze.

Womit erneut bewiesen wär –
und keiner wird's bestreiten –
Musik, mal leichter und mal schwer,
braucht auch verschiedne Zeiten.

Der Mensch, der ist ein Phänomen,
das muß man einfach wissen.
Er will die große Kunst verstehen –
und manchmal einfach küssen.

Das Vorbild ist Piepe

Hubert Pieperella, von seinen Kollegen einfach Piepe genannt, fährt einen Barkas.

Falls es jemand nicht wissen sollte: Das ist ein Auto. Größer als ein Trabant. Und das ist gut für Piepe. Denn Piepe, der privat auch einen Trabant fährt, hat einen sehr großen Garten. In Hangelsberg. Das ist außerhalb Berlins, Richtung Fürstenwalde.

Der Garten bescherte dem Kollegen Piepe in diesem Jahr eine gewaltige Apfelschwemme. Im Geräteschuppen türmten sich unlängst Säcke und Kisten voller köstlicher Äpfel aller Farben und Geschmacksvarianten.

Piepes Frau will einen beträchtlichen Teil davon zu Mus zerkochen und die restlichen Zentner unter den Betten der Pankower Wohnung für den Weihnachtsteller frischhalten.

Piepe sagte sich: Mit dem Trabant muß ich mindestens dreimal hin- und herjuckeln. Das haut spritmäßig ganz schön in die Äppel. Der Barkas bewältigt das Transportproblem auf einen Ritt – und tankt aus der allgemeinen Kasse.

Piepe hatte am vergangenen Dienstag eine Betriebsfahrt nach Königs Wusterhausen. Von dort aus kann man – wenn man will – über Neu-Zittau und Erkner quer rüberstoßen und kommt auf die Fürstenwalder Strecke, also auch nach Hangelsberg in Piepes Garten.

Gleich hinter Erkner bot sich dem Kollegen Piepe ein Bild des Jammers.

Der Jammer bestand aus einem ziemlich neuen Wartburg und einem etwas älteren Herrn.

Der ältere Herr war Piepes ökonomischer Direktor, Kollege Strickmüller. Auf seiner Stirn wölbten sich einige prächtige Beulen. Die Stirn des Wartburgs war von großen Sorgenfalten zerklüftet.

»Plötzlich schlug es mir das Lenkrad aus der Hand«, sagte Strickmüller, »und dieser blöde Chausseeappelbaum gab nicht nach.«

»Hauptsache, Sie selbst sind okay«, sagte Piepe. »Und die Karre wollte der Direktor ja sowieso umspritzen lassen, weil er einen einheitlichen Fuhrpark haben möchte. – Na schön, da werde ich Sie mal abschleppen.«

»Nicht nötig«, sagte Strickmüller. »Habe schon angerufen. Alwin und Herbert müssen jeden Moment hier sein. – Wo fahren Sie denn überhaupt hin?«

»Nach – nach – nach Fürstenwalde«, antwortete Piepe, »wegen Reifen!«

»Menschenskinder!« rief Strickmüller. »Das trifft sich ja wunderbar. Tun Sie mir bitte einen Gefallen und nehmen Sie hier den Kühlschrank mit. Der ist nämlich für meine Schwiegermutter in Fürstenwalde. Betty Nackelmann, Dr.-Puhlmann-Straße 5. Sie wissen ja, wie's ist. Verkaufen kann man so 'ne historische Schmetter nicht mehr, aber ’ne olle Dame freut sich. Und Alwin muß ja auch nicht unbedingt mitkriegen, warum ich hier in dieser Gegend rumgekutscht bin. Obwohl ich natürlich auch dienstliche Gründe hatte. Logisch.«

»Logisch«, meinte Piepe. Er hievte den Kühlschrank in den Barkas, sagte dem Kollegen Strickmüller noch ein paar tröstende Worte und brauste los.

»Blöder Mist«, knurrte er hinter der nächsten Kurve. »Extra noch nach Fürstenwalde. Diese Flitzpiepe Strickmüller! Warum schleppt’n der den Kühlschrank nicht am Wochenende mit seinem eigenen Lada nach Fürstenwalde? Da steh ich stundenlang rum, und meine Äppel muß ich nach Feierabend im Dunkeln verladen!«

Die alte Dame war zu Hause, und Piepe war dann bald in seinem Garten in Hangelsberg und hatte auch bald den Apfelberg hinter sich – im Barkas.

Kurz vor Erkner bot sich dem Kollegen Piepe ein Bild des Jammers. Der Jammer bestand aus einem verbeulten Herrn und einem zerknautschten Auto.

»Alwin und Herbert sind immer noch nicht hier«, rief Strickmüller. »Ich fahre mit Ihnen mit. Wir müssen denen ja unterwegs begegnen. Dann kriegen sie die Schlüssel und können den Dampfer zum Betrieb schleppen. Ich kann ja hier nicht stundelang meine Arbeitszeit im Straßengraben absitzen!«

»Logisch«, meinte Piepe.

Strickmüller kletterte in den Barkas. Er schnupperte, kuckte, runzelte die Stirn samt Beulen und sagte streng: »Nanu? Keine Reifen, sondern Äppel? Wie darf ich das verstehen?«

Apfelpiepes Kopf bekam Tomatenfarbe.

»Tja«, sagte er nach einer Weile. »Mit den Reifen, das war 'ne Fehlinformation. Falscher Termin. Aber wie's der Teufel so will, heute ist wirklich die Hölle los. Mitten in Fürstenwalde ein Fahrzeug von der GHG mit Federbruch. Und die Jungs betteln mich, daß ich die Äppel mitnehme nach Köpenick zur Kaufhalle in der Lindenstraße. Sie kämpfen um den Titel, und da wolln sie Termintreue halten und so. Konnte ich natürlich nicht abschlagen. Logisch.«

»Logisch«, meinte Strickmüller.

Er half sogar beim Abladen vor der Kaufhalle. »Komisch, daß keiner rauskommt und mit anpackt«, sagte er.

»Wahrscheinlich kämpfen die nicht um den Titel«, sagte Piepe.

Als Strickmüller wieder im Barkas saß, winkte Piepe einen halbwüchsigen Jungen heran.

»Iß soviel Äpfel wie du willst«, sagte er, »aber paß auf, daß kein anderer rangeht.«

»Geht klar«, sagte der Junge. »Aber ich rauche seit kurzem auch wieder. Neue Juwel.«

»Schäm dich«, sagte Piepe und gab ihm vier Mark für Club. Dann fuhr er Strickmüller zum

Betrieb, weil der noch nach Alwin und Herbert forschen wollte, um den zerknautschten Wartburg von der Landstraße zu bergen.

Beim Abschied sagte Strickmüller: »Etwas Gutes hatte die ganze Sache. Durch den Kühlschrank und die Äpfel hatten Sie keine Leerfahrt. Weder hin noch zurück. Und so soll es ja wohl auch sein, nicht wahr?«

»Logisch«, antwortete Piepe.

Dann fuhr er wieder zur Kaufhalle. Der Junge spendierte ihm eine Club, und als sie aufgeraucht hatten, machten sie sich daran, die Apfelkisten wieder in den Barkas zu laden.

»Bleiben Sie mal stehen, Herr Pieperella!« rief plötzlich eine fistelige Männerstimme.

Die Stimme gehörte dem Abendblatt-Fotoreporter Birnstiehl, einem Haus- und Flurnachbarn von Piepe.

»Das ist ja 'ne Wucht«, rief Birnstiehl, »wie Sie, Herr Pieperella, als Kleingärtner den Bevölkerungsbedarf mit absichern helfen. Das bringe ich groß raus! Locker stehn! Danke!«

Der Reporter half dann noch beim Ausladen der Kisten.

»Ich nehme Sie mit nach Hause«, sagte Piepe, »dann ist es keine Leerfahrt.«

»Wirklich vorbildlich«, krähte Birnstiehl. »So soll es ja auch sein!«

Gewichtiges

Lilomaus, es ist soweit!
Sonne lacht, und wieder
wird es dir zur Frühlingszeit
ziemlich eng im Mieder.

Frühling läßt sein blaues Band
flattern durch die Lüfte,
und erschreckt befühlt die Hand
Speck auf Bauch und Hüfte.

Illustrierte, Fernsehn, Funk
tönen täglich wieder:
»Nieder mit dem dicken Strunk!
Trumpf sind schlanke Glieder!«

Supermodeltypen sind
überall im Schwange,
und es knarrn im Frühlingswind
Knochen von der Stange.

Lilomaus, ich bitte dich:
Laß dich's nicht verdrießen.
Laß auch weiterhin für mich
alles an dir sprießen.

Trau den Heuchlern nicht,
mein Kind, die nur Dünne wollen.
Wenn sie losgelassen sind,
gehn sie in die Vollen.

Picknick im Walde

Manche wissens ja bereits, meine Frau raucht auch. Und nicht schlechter als ich. Wir haben auch häufig Gäste. Alles Raucher. Andere würden es nicht überstehen.

Die Tapete unseres Wohnzimmers war vor zwei Jahren zartgelb, vorige Woche kaffeebraun. Und wir kochen keine Schmunzelbrühe!

Kurz und gut, die Bude war fällig.

Das Tapetengeschäft gerammelt voll.

Von Menschen. Die Anzahl der Tapeten war nicht ganz so groß, aber es gab fast dreißig Sorten.

Die Industrie stellt ein paar hundert Sorten her, habe ich in der Zeitung gelesen. Der Leiter des Tapetengeschäfts liest wahrscheinlich nur das »Sportecho«.

Meine Frau fand trotzdem etwas Passendes. Auch, was den Preis betraf. Da sah ich plötzlich diese Dinger. Übermannshoch und einen guten Meter breit. Auf dem einen war ein hübscher Kirschzweig, auf dem anderen ein Birkenwäldchen mit einem schmalen Weg, der nach hinten immer enger wurde und schließlich hinter einem Gebüsch nach rechts abbog.

»Was ist das?« fragte ich die Verkäuferin.

»Das sinn Dierfohdohs«, sagte sie.

»Aber es sind ja gar keine Tiere drauf.«

»Fier de Flur- oder Stupendiere!« rief sie und

beschoß mich mit einem ungeheuer verächtlichen Blick.

»Ach so«, murmelte ich und fragte meine Frau: »Gefällt dir so was?«

»Nein«, meinte sie.

Daraufhin kaufte ich das Birkenwäldchen mit dem schmalen Weg.

Unser Flur ist nicht sehr lang, aber immerhin länger als breit. An der Stirnseite, von der Wohnungstür aus gesehen, ist ein Einbauschrank. Dort haben wir das Bettzeug drin und allerlei anderen Krempel.

Ich klebte das Birkenwäldchen an den Einbauschrank. Die Wirkung war verblüffend.

Betrat man nun die Wohnung, glaubte man, am Anfang eines romantischen Waldweges zu stehen, der sich durch einen Birkenhain schlängelt und in der Ferne rechts hinter einem Gebüsch im Schlafzimmer verschwindet. Auch meine Frau fand die Sache ganz putzig. Sie ist nämlich sehr naturliebend, hat nur etwas gegen die weitverbreitete Fotografiersucht. Aber die Orientierungswanderungen, die unsere Heimatzeitung regelmäßig veranstaltet, macht sie ebenso regelmäßig mit. Deshalb gefiel ihr nun wohl auch der Weg durchs Birkenwäldchen.

Aber mich störte etwas. Die Illusion hatte einen Haken. Einen optischen Knick oder, wenn man so will, Stilbruch. Die alberne Streifentapete unseres

Flurs ging nicht nahtlos ins Birkenwäldchen über. Man mußte von der Wohnungstür aus zu lange laufen, bis man in der Natur war.

Ja, wenn der ganze Flur von vorn bis hinten mit Birken beklebt wäre, sähe die Sache anders aus: Man kommt nach Hause, schließt die Tür auf und steht im Wald. Jetzt ahnen Sie schon etwas? Jaja, aber so einfach war das nicht.

Ich klapperte alle einschlägigen Geschäfte ab. Alle Birkenwäldchen-Fotos waren gleich.

In der Mitte der Weg, der nach hinten immer schmaler wird und schließlich hinter einem Gebüsch nach rechts abbiegt. So etwas kann man natürlich nur an die Stirnseite kleben. Die gleichen Bilder rechts und links den Flur entlang würden den Effekt einer großen Waldlichtung ergeben, von der nach allen Seiten Wege abgehen. Man käme sich irgendwie hilflos, wenn nicht sogar verirrt vor und könnte vor allem nachts beim gedämpften Flurlicht auf dem Gang zur Toilette Angstzustände bekommen.

Also mußten einzelne Bäume her. Wald ohne Weg. Um es kurz zu machen: Ich hatte Glück.

Nicht in Berlin, aber in Spremberg, wohin mich eine berufliche Angelegenheit führte. Dort stieß ich im Warenhaus auf Mischwald. Birkenwäldchen hatten sie nicht. Aber in diesem Mischwald kam auch etwas Birke vor, so daß ich überzeugt war, er würde in unseren Flur passen.

Außerdem kaufte ich noch einen Blick von der neuen Dresdner Elbbrücke, unter der gerade ein Fahrgastschiff mit fröhlich heraufwinkenden Menschen hindurchfährt.

Das Dampferfoto klebte ich an eine Wand der Duschecke unserer Toilette. Natürlich überpinselte ich es noch mit Latex. Wegen der Feuchtigkeit. Von nun an war das Duschen jedesmal ein Erlebnis. Ich glaubte stets, in strömendem Regen auf der Elbbrücke zu stehen, und konnte mich nicht genug freuen über die prächtigen DDR-Bürger auf dem Schiff, die trotz des miesen Wetters fröhlich und optimistisch zu mir heraufwinkten. Bald hatte ich mir ihre Gesichter alle eingeprägt. Den Dünnen mit der auffällig großen Hakennase habe ich neulich sogar mal im Warenhaus am Alexanderplatz getroffen. Er tat aber, als kenne er mich nicht. Was mich nicht wundert, denn die Blondine, die er zärtlich am Händchen hielt, war wesentlich knackiger als das untergehakte Muttel auf dem Dampfer.

Doch das nur nebenbei. Zurück zum Flur.

Waren Sie schon mal auf dem Darß oder im Thüringer Wald? Können Sie glatt vergessen, wenn Sie gelegentlich einen Blick in meinen Flur werfen. Das ist ein Wald, wie er im Bilderbuch steht. Natur plus Fotokunst. Mit einem Wort: Kein schöner Land in dieser Zeit.

Ich habe ihn auch mit etwas Fauna durchsetzt. Auf der Rotbuche an der Stubentür hockt eine prächtige ausgestopfte Eule, und aus dem Haselnußstrauch neben der Toilettentür lugt ein Rehkitz. Es ist ziemlich klein, denn ich habe es aus dem »Bummi« ausgeschnitten.

In der NBI war mal ein größeres. Doppelseitig. Als Poster mit der Jimmy-Wood-Combo drumrum. Und diese Jungs haben alle einen leichten Schimpansen-Look. Musikalisch sind sie ja nicht schlecht, aber in meinem Wald möchte ich ihnen nicht begegnen.

Vorigen Freitag rief ich meine Freunde an. Ernst, Manne, Elli und Antek sowie Horst und Reni.

»Morgen läuft ein Ding«, sagte ich. »Picknick im Walde! Wir treffen uns um 19.30 Uhr vor unserem Haus!«

Lediglich der schlaue Manne sagte: »Zu dieser Jahreszeit ein Picknick? Und dazu noch nachts? Warum denn nicht am Tage?«

»Tagsüber muß meine Frau die Wohnung säubern und den Flur harken.«

»Wieviel hast'n heute schon wieder genascht?« rief Manne und kicherte anzüglich. Aber er sagte zu.

Am nächsten Abend versammelten wir uns alle vor unserm Haus. Antek war im Lodenmantel erschienen, und Elli trug Gummistiefel, denn es nieselte. »Wolln wir nicht lieber in deiner Wohnung picknicken?« fragte Reni, »wir holen uns ja sonst alle die Grippe.«

»Wie ihr wollt«, sagte ich. »Kommt hoch.«

Als sie die Wohnung betraten, standen sie wie vom Donner gerührt. Meine Frau hatte die grüne Flurlampe angeschaltet, und aus der Stereoanlage im Wohnzimmer erscholl der Jägerchor aus dem Freischütz.

»Ich glaub, mich knutscht ein Elch«, schrie Ernst. Er hatte sich als erster gefangen und brach den Bann der Ergriffenheit. Ein riesiger Tumult begann. Alle quirlten durcheinander, beklopften die Bäume, streichelten das Reh, tippten der Eule an den Schnabel, und Antek versuchte sogar, seinen Lodenmantel an einen Ast der Rotbuche zu hängen.

»Garderobe dort hinter der Krüppelkiefer«, rief meine Frau. »Und die Gummistiefel nicht ins Gebüsch, sondern auf die Toilette in die Duschecke! Die Toilette ist hinter der Rotbuche mit dem Herzchen!«

Elli verschwand hinter der Buche. Als sie wieder hervorkam, rollte ihr eine Träne übers Gesicht. »Onkel Max«, schluchzte sie. »Vorige Woche haben wir ihn begraben, und hier fährt er quietschvergnügt aufm Dampfer und winkt sogar.«

Verflucht noch mal. Wer hätte das geahnt!

»Kinder«, rief ich, »das Leben geht weiter! Laßt uns einen zur Brust nehmen. Prosit. Schirijoh!«

Wir breiteten ein paar Decken aus, hockten uns hin und ließen die Gläser klingen. Es kam

Stimmung auf. Elli fing an, recht derbe Witze zu erzählen, die sie von Onkel Max geerbt hatte.

Meine Frau servierte Mittitei, frisch aus der Bratröhre. Ich versprühte Tannenspray. Gegen den Knoblauchduft.

Dann legte ich die Stimmungsplatte auf. »Denn im Wald, da sind die Roheuber, halli hallo, die Roheuber ...«

Beim Kasatschok fiel die Eule herunter. Ich trug sie in die Küche und legte sie in die Bratröhre. Meine Frau sagte: »Trink nicht so hastig!« und setzte sie wieder auf ihren Ast. Antek hatte sich eine Flasche Wurzelpeter mitgebracht.

Als er keinen Tropfen mehr herausbekam, den Arm hob und sang: »Er nahm die Büchse, schlug sie an ein' Baum«, riß ich ihm die Buddel aus der Hand und versuchte sie zu vergraben. Horst hatte unser Brotmesser aus der Küche geholt und begann, ein Herz in die Rotbuche zu schneiden. Ich legte schnell seine Lieblingsplatte »La Paloma« mit Hans Albers auf und rettete den Baum.

Antek machte plötzlich einen Heidenkrach, weil seine Frau Elli sich weigerte, mit ihm Brüderschaft zu trinken.

Ernst schlichtete den Streit mit dem genialen Vorschlag, eine Treibjagd zu veranstalten. Wir schleppten alle verfügbaren Topfdeckel zusammen und stolperten mit mörderischem Krach durchs Unterholz.

Manne stieß dabei mehrmals den Hetzruf aus: »Hussassa, pack die Sau!«

Da klopfte es an der Wohnungstür. Ich öffnete und rief: »Waidmannsheil, Herr Oberförster.«

Aber der Grüne war unser ABV. Er stellte sich mit Namen und Dienstgrad vor, obwohl ich ihn genau kannte. Dann sagte er uns die genaue Uhrzeit und seine Meinung. Ich versuchte gegenzuhalten. Aber er hatte die besseren Argumente. »In Ordnung«, sagte ich. »Ich blase jetzt zum Halali.«

»Unterstehen Sie sich«, rief er. »Sonst sind Sie die Trompete los und ein bißchen Taschengeld!« Dann ließ er seinen Blick noch kurz durch unseren Flur schweifen, schüttelte den Kopf und ging mit kurzem Gruß.

»Ein anständiger Kerl«, sagte ich. »Es hätte teuer werden können.«

»Wegen dem bißchen Krach?« krähte Antek.

»Quatsch«, sagte ich. »Deshalb doch nicht. Aber er hat großzügig übersehen, daß wir alle im Wald geraucht haben!«

Siebenschläfer

Der Juni war einmal besonders reich an Tagen.

Es gab den Tag des Kindes, den Weltumwelttag, den Tag der Jugendbrigaden, den Tag des Eisenbahners und der Werktätigen des Verkehrswesens, den Tag des Lehrers, den Tag der Werktätigen der Wasserwirtschaft, den Tag der Genossenschaftsbauern und Arbeiter der sozialistischen Land- und Forstwirtschaft, den Tag des Bauarbeiters – und: Siebenschläfer (27. Juni).

Im Gegensatz zu den genannten Ehrentagen stand Siebenschläfer nicht in jedem Kalender.

Deshalb wußte ich auch nicht, ob ich und wem ich an diesem Tag gratulieren sollte.

Ich vermutete sogar, daß dieser Tag offiziell gar nicht als Tag begangen wird.

Denn in keiner Zeitung erschienen Aufrufe zur Spalierbildung – und auch in der Aktuellen Kamera wurde kein vorbildlicher Schläfer vorgestellt.

Nun werden Sie fragen, woher ich dann eigentlich wußte, daß am 27. Juni Siebenschläfer ist.

Von Tante Hermine.

Die hat alle Daten im Kopf. Sie ist eine wandelnde EDV-Anlage. Ihr Mann benutzt sie mehr als Waschmaschine.

Aber eins weiß Tante Hermine auch nicht: Wer ist oder war dieser Siebenschläfer?

Wie sah oder sieht er aus?

Wahrscheinlich ziemlich müde.

Aber wieso kriegt so ein müder Typ bei uns einen eigenen Tag? Da müßte ja so mancher einen kriegen.

Nein, ich vermute eher, es war ein Kollektiv. Sieben Schläfer. So wie die sieben Zwerge. Nur nicht so positiv. Mehr eine Gammeltruppe.

Denn der Volksmund sagt: »Wenn es am Siebenschläfer regnet, dann regnet es sieben Wochen lang.«

Mein Neffe Robbi sagt: »Diese Theorie ist großer Quatsch – es kann aber auch was dran sein.«

Er ist Meteorologe.

Ich wollte es genau wissen und beschloß, mal herumzuhören, was die Leute so meinen.

So ging ich am Siebenschläfer zunächst in mein Stammlokal. Es ist eine kleine Kneipe direkt neben meinem Betrieb. Wir nennen sie Werk II.

Die Wirtin heißt Rosi. Sie sieht aber mehr aus wie Winnetou. Nach der dritten Lage sagte ich zu ihr: »Rosi, wie denkst du über Siebenschläfer?«

Sie schaute mich mit ihren schwarzen Glutaugen an und sagte: »Du alter Bock!«

Da wechselte ich die Gesichtsfarbe und das Lokal.

Ich ging zum nahegelegenen Interhotel.

Dort haben sie eine Glastür, die geht von selbst auf, sobald man kurz davor ist. Neuerdings sogar nach innen. Man kommt jetzt ohne Beule rein.

In der Hotelhalle stand ein geschniegelter Herr. Er hatte einen unheimlich abweisenden Blick. Daran erkannte ich: Es ist der Empfangschef.

Ich drückte ihm meinen Briefkastenschlüssel in die Hand und sagte: »Fahren Sie meinen Wagen in die Garage.«

Als er aus der Ohnmacht erwachte, saß ich schon an der Hallenbar.

Auf dem Barhocker neben mir hockte ein Barhocker und schnarchte.

Der Barmixer machte bei jedem Schnarcher einen Strich auf die Rechnung. Ich bekam Mitleid mit dem Schläfer, weckte ihn und fragte: »Was halten Sie von Siebenschläfer?«

»Überhaupt nichts«, rief er. »Es ist eine Schande, daß so ein lahmer Gaul noch zum Rennen zugelassen wird. Wahrscheinlich kennt er einen einflußreichen Amtsschimmel.«

Dann erzählte er mir noch, daß er schon mehrmals auf der Trabrennbahn in Karlshorst einen großen Einlauf hatte.

Er sah auch sehr blaß und dünn aus.

Ich trabte von dannen. Draußen regnete es.

Ich winkte nach einem Taxi. Der Taxifahrer winkte zurück. Schade, daß ich ihn nicht kannte. Nun kann ich mich nicht in der Abendzeitung für diese nette Geste bedanken.

Ich ging zur Bushaltestelle.

Eine kleine Omi sagte zu einem kleinen Opi:

»Glaubs nur, Hermännel! Wenns am Siebenschläfer regnet, dann regnet es sieben Wochen lang.«

»Ist das schon mal eingetreten?« fragte ich.

»Schon oft«, sagte die Omi. »Man muß bloß da wohnen, wo es regnet.«

Als ich im Bus war, merkte ich, daß er nicht in meine Richtung fuhr. Aber aussteigen wollte ich nicht. Bezahlt ist bezahlt, behauptete ich jedenfalls, als der Kontrolleur kam. Er glaubte es erst, nachdem ich ihm 20,- Mark gegeben hatte.

Im anderen Bus, mit dem ich dann doch nach Hause fuhr, bezahlte ich normal mit zwanzig Pfennig. Es kam kein Kontrolleur. Wie mans macht, ist es verkehrt.

Meine Frau war in Gewitterstimmung.

Ich kroch unter den Tisch.

Er ist aus Buchenholz.

»Die Buchen sollst du suchen!« sagt der Volksmund. Es schlug trotzdem ein.

Meine Frau kennt wahrscheinlich die alten Sprüche nicht.

Das ist traurig.

Für mich folgten genau sieben trübe Wochen – aber ich bin durchgekommen. Und wenn die Zeit ran ist, mache ich noch mal eine ganz fetzige Untersuchung übern Altweibersommer.

Was mir fehlen wird

(3. Oktober 1990)

Das Hausbuch zum Beispiel.

Ich hatte meistens Glück.

Wo immer ich einzog, war das Haus so gut wie voll. Das Hausbuch ebenfalls. Also konnte ich beim pflichtgemäßen Eintragen meiner Personalien blätternd erfahren:

Huh is huh – wer wohnt hier?

Meistens Schmidt. Schmidt von der Weißen Flotte, Diplomkulturwissenschaftler

Schmidt, Schlafwagenschaffner

Schmidt, Kombinatsdirektor

Schmidt, Schmidt freischaffend.

Obwohl mir diese Schmidts in verschiedenen Häusern und Hausbüchern aufstießen, hege ich den Verdacht, es handelte sich stets um ein und denselben Schmidt – einen OibE, Offizier im besonderen Einsatz.

Ich bedaure noch heute, daß ich ihn nicht enttarnte, aber wer hätte damals schon gewagt, einen OibE zu enttarnen! Höchstens der Gegner. Aber der kannte ja nicht mal den Ausdruck. Heute haben wir keinen Gegner mehr und kein Hausbuch. Das ist bedauerlich.

Auch deshalb: Jetzt können Damen bei mir nächtigen, so oft und so lange sie wollen. Keiner hält es schriftlich fest. Und keiner wird mir später glauben. Das ist peinlich.

Meiner letzten Hausbuchbeauftragten, Frau Müller, wird die Kladde besonders fehlen. Denn als Arbeitslose hätte sie doch wenigstens eine kleine Beschäftigung und das Gefühl des Gebrauchtwerdens. Aber wer braucht schon Frau Müller? Gebraucht werden Gebrauchtwagen.

Fehlen wird mir die Spalierbildung, das Schwenken von Wink-Elementen, auch Fähnchen und Wimpel genannt, sowie das Herumtragen und Hochrecken von überdimensionalen Paßbildern. Die Sache hatte zwar immer so einen leichten Prozessions- und Wallfahrtstatsch – aber ich glaube, in solchen Stunden schwang und klang auch in mancher ungläubigen oder gar roten Seele ein kleines frommes Glöckchen. Unklar ist mir jedoch bis heute, warum nur Köpfe geschleppt wurden, anstatt die Tribünen-Tribunen in Äktschen zu zeigen.

Man sieht den Papst ja auch meistens mit erhobenen Händen, und keiner kommt auf die Idee, daß er sich ergibt. Warum also wurden bei Vorbeimärschen nicht nette Situationsfotos geschwenkt? Zum Beispiel Mittag bei Tisch?

Fragen über Fragen – und keinen interessiert die Antwort. Dennoch, die Wink-Elemente und Pappkameraden werden mir fehlen. Ebenso das Spalierobst nach der Spalierbildung. Da war man immer ein wenig stolz auf unsere Handelsflotte.

Wen erregt heute noch eine Apfelsine? Heute erregen die Mieten, Fahrpreise, Preise für Kinderschuhe, mitunter auch Fleisch- und Wurstpreise. Apropos Fleisch und Wurst.

Da hilft nur eine hauseigene Döner-Kebab-Anlage. Möglichst ohne Fleisch. Denn Weißkohl füllt sehr gut den Magen. Außerdem: Weißkohl ist ja sooo gesund! Nanu? Woran erinnert mich dieser Slogän? Richtig. An glorreiche Zeiten Adlershofer Tele-Tips. Doch wenn ich nicht irre, haben die Leute damals auf Kohl nicht so recht angebissen.

Der schmeckte ihnen nicht.

Auch das wird mir fehlen.

Lebenslauf, kurzer Abriß

He, he, he – ich war in der SED!
Da war ich im Parteilehrjahr,
und fand so manches gar nicht wahr.
Doch Gott sei Dank, es kam die Wende
und meine Skepsis hatt' ein Ende,
denn wenn ich seh, was heut passiert,
da hab ich den Karl Marx kapiert.
He, he, he – ich war in der SED!

Hü, ha, hot – ich war in der FDJ!
Ich war halt jung und dachte eben:
Mensch, da haste was fürs Leben.
Vielleicht machst du als alter Knacker
im Zentralrat noch den Macker.
Und mit politischer Potenz
wirste vielleicht Egon Krenz.
Hü, ha, hot – ich war in der FDJ!

Je, je, je – ich war im FDGB!
Die Ferienplätze warn sehr schön,
vorausgeschickt man kriegte een'.
Mein BGLer, der hieß Kulle
und war eine große Lulle.
Doch man konnte ohne Strafen
bei Versammlungen schön schlafen.
Je, je, je – ich war im FDGB!

Nef, nef, nef – ich war in der DSF!
Die Gesangs- und Tanz-Akzampeln
konnten ja so herrlich strampeln.
Und sie taten so schön singen –
es tat mir ins Herze dringen
von Kalinka immer wieder.
Heut singt die Mafia andre Lieder.
Nef, nef, nef – ich war in der DSF!

Hoch, hoch, hoch – im Konsum war ich och!
Denn, wer will es mir verarken –
ich war scharf auf Konsummarken.
Im Büffet und in der Hose
hatt' ich die Konsummarken lose.
Hatt'se och am Hintern kleben!
Es war ein verklebtes Leben!
Hoch, hoch, hoch – im Konsum war ich och!

Hi, hi, hi – bei der Stasi war ich nie!
Trotzdem tat's auch mich mal kitzeln,
irgend jemand zu bespitzeln.
Und ich hab in aller Stille,
damals sogar ohne Brille
die scharfe Ruth, den Wonneproppen,
ungeniert belauscht beim Poppen!
Hi, hi, hi – bei der Stasi war ich nie!

Der Unfall

»Und ick sage dir, Frida, an den Fleischstand ham se uns übers Ohr jehaun. Ick hab et deutlich jesehn: Der Zeiger von die Waage hatte ’n Knick!«

»Mensch Otto, du mit deiner Filzbrille, du kannst doch jar nicht so weit kieken. – Otto, kiek ma da, da liegt eena!«

»Wer liegt da?«

»Da liegt eena! Een Unfall!«

»Frida! Ein Unfall kann da jar nich liegen, höchstens eine verunfallte Person, wie es offißjell heißt. Aber Tatsache. Jetzt seh ich et ooch. Hier liegt eena!«

»Na los, Otto! Steh nich so rum. Da müssen wir wat unternehmen. Faß mit an, wir wolln ihn aufrichten!«

»Hände weg, Frida! Biste varrickt jeworden! Den darfste doch nich berühren!«

»Weso denn nich, Otto. Det is doch unsre Pflicht!«

»Kiekste nich Fernsehn? Da wird et doch janz deutlich jezeigt. Nich berührn, bevor die Polizei kommt. Von wejen die Spuren! Lauf lieber los und such’n Telefon oder ’n Feuermelder. Det Unfallkommando muß her!«

»Guten Tag!«

»Guten Tach!«

»Ist hier was passiert?«

»Na sehnse doch, ein Unfall!«

»Ach du lieber Himmel! Der Mann rührt sich ja überhaupt nicht!«

»Na, Kunststück. Der is ja ooch janz schwer anjefahrn worden!«

»Angefahren? Wieso liegt er denn hier auf dem Gehsteig?«

»Na weil er rüberjeschleudert wurde. Det is sicher eener von die verrückten Dumper jewesen. Die fahrn ja wie die Jesengten!«

»Dumper? – So ein Ding heißt Damper, lieber Mann. Das kommt aus dem Englischen!«

»Also, det is ja nu Quatsch. Die komm aus de Schubertstraße, da wose det neue Heizwerk baun. Det weeß ick nu zufällig janz jenau!«

»Was ist denn hier los. Hilfe, ein Toter!«

»Unterlassen Se diese sensationslüsternen Äußerungen! Ob der Mann dot is, wird der Arzt feststellen. Bis jetzt issa rein äußerlich bloß ohnmächtig.«

»Ja, da muß man doch was unternehmen. Polizei, Rettungsamt, Feuerwehr!«

»Meine Frida is ja schon losjesockt! Der Funkwagen wird gleich hier sein!«

»Na, da haben Sie aber großen Optimismus, lieber Mann. Wenn man die Polizei braucht, ist sie nie zur Stelle! Aber auf den Revieren, da sitzen sie und spielen Skat!«

»Reden Sie bitte nicht solchen Blödsinn. Das grenzt ja an Verleumdung!«

»Na, so dicke wolln wa nich gleich auftragen, aber die Dame hat recht. Sie quatschen mächtig dämlich!«

»Ich quatsche dämlich? Hier, mein Bein! Bitte, bitte! Sehen Sie die Narbe? Die Spur eines Feuerwerkskörpers. Silvesterscherz meiner Schwiegermutter!«

»Jetzt kommt der noch mit Schwiegermutterwitzen.«

»Das ist kein Witz! An dieser Wunde wäre ich beinahe gestorben. Verblutet. Erst nach 15 Minuten kam ein lumpiger Wachtmeister. Und was hat er gemacht? Gefragt, ob wir Jod hätten.«

»Hähä! Hihi!«

»Ich finde derartiges Gelächter angesichts einer todwunden Person sehr unpassend!«

»Ja, da hat er recht.«

»Also, jetzt könnte wirklich langsam die Polizei kommen. Oder wenigstens der Rettungswagen.«

»Es ist ja auch unerhört von dem Kraftfahrer, sein Opfer hier einfach liegenzulassen. Weiß man denn wenigstens die Nummer?«

»Nee. Aber det kriejense raus.«

»Es war ein Damper. Einer von den überschweren.«

»Seit wann fährt hier ein Dampfer lang?!«

»Ich sagte Damper. Das ist ein Baufahrzeug.«

»Ja, von da hinten, wo se det Heizwerk bauen. Die fahrn fast immer mit 80 um die Kurve.«

»Und wenn das Heizwerk fertig ist, funktioniert es trotzdem nicht. Mein Schwager wohnt im Neubau mit Fernheizung. Da ist es mal zu warm und mal zu kalt. Deswegen fühlt er sich zu Hause nicht richtig wohl und muß sich in die Kneipe setzen.«

»Ist hier was passiert? Personenschaden? Sachschaden? Ich bin Gerichtsdiener!«

»Ja, ein Dumper!«

»Ein Damper!«

»Jedenfalls ein Damper kam mit 80 Kilometer aus der Schubertstraße.«

»Ein überschwerer Damper kam mit 96 km Geschwindigkeit daher und hat diesen Radfahrer ...«

»Nein, Fußgänger!«

»... beim Überqueren der Fahrbahn mit dem Greifer erfaßt und beiseitegeschleudert.«

»Polizei ist bereits verständigt. Ausführende Person: meine Frida. Beethovenstraße 73, Hochparterre.«

»Hilfe! Der bewegt sich ja!«

»Der steht ja auf! Der lebt!«

»Der kann ja laufen!«

»Ja, das kann ich. Aber kann ich nu endlich mal in Ruhe dieses blöde Erdkabel reparieren?«

Es grient so grün

Grüne Woche in Berlin

Ich habe ein Brett voller Käse gesehn,
Käse, geschnitten in Happen,
sah Menschen extatisch die Augen verdrehn
und gierig die Happen sich schnappen.
Zwei Holländer-Meisjes wie Linda de Mol
entblößten betörend die Zähne.
Mir wurde beim Anblick der beiden recht wohl,
was ich ehrlichkeitshalber erwähne.

Das Lächeln verblaßte, doch lange noch nicht
das Bild von der schnappenden Menge,
die zitternde Hand, das Hochdruckgesicht
in der herzbeklemmenden Enge.
Der Käse vernichtet, das Brett kahl und leer.
Ein Wicht schreit: »Ick bin wieder Neese!«
Ein Herr schluckt mit Mühe und atmet so schwer,
der Käse klebt an der Prothese.

Und Bratenduft wabert so geil durch den Raum,
Kalorien zeigen Schenkel und Brüste,
exotisches Bier mit exotischem Schaum
macht Lust auf neue Gelüste.
Und der Vater ist prall und die Mutter ist drall
und die Welt hat die leckersten Speisen,

und kostenlos kostet man allüberall,
um Weltoffenheit zu beweisen.

Ich habe auch freundliche Tiere gesehn,
sanftmütige Schafe und Rinder,
blieb lange beim grunzenden Schweinevolk stehn
und hörte das Staunen der Kinder.
Ich sah kluge Gänse und manch dummes Huhn
und hab bei den Eseln gesessen
und merkte, sie machen, was alle hier tun:
Sie gucken erstaunt – und sie fressen.

Oma so lieb

Wer reitet so spät durch Nacht und Wind?
Es ist die Oma mit Enkelkind.
Sie hält den Knaben mit sicherer Hand;
die Eltern des Bübleins sind über Land
zur Party gefahren bei Dachdecker Krause
und ließen das Kind mit der Oma zu Hause.

Nun reitet die Oma, sie reitet nicht gut.
Denn der Knabe schlägt um sich,
zur Erde tropft Blut,
und endlich erreicht sie das Kreiskrankenhaus,
die Nachtschwester klopft den Bereitschaftsarzt
raus,
der zögert nicht lange, nimmt Sepso und Tupfer,
die Oma vollführt vor Schreck einen Hupfer.

»Schon gut«, sagt der Doktor, »wozu das
Geschrei?«
Dann ruft er die Eltern des Kindes herbei.
Die kommen sofort, wollen Näheres wissen.
Der Arzt sagt: »Ihr Kind hat die Oma gebissen!«
»Gottlob«, rufen beide und weinen gerührt,
»wir hatten schon Angst, es sei was passiert.«

Sie nahmen das Kind mit zur Party bei Krause.
Die Oma ritt sachte im Frühdunst nach Hause,
erreichte die Wohnung, ergriff einen Strick,
bestieg einen Stuhl mit großem Geschick,
warf den Strick übern Haken
und hängte schnauf, schnauf,
die Wäsche von Tochter und Enkelchen auf.

Fernsehn

Viele klagen und heut und lästern:
Ach, das Fernsehn war doch gestern,
also früher, so viel besser!
Heute wetzt man nur das Messer
oder zieht nur die Pistole,
zieht die Welt auch ins Frivole,
macht aus kleinen Dummis Stars,
sülzt in Talk-Shows rum – das war's.

Da ist was dran.
Doch hört mich an.
Schaut euch mal eure Ehe an.

Abends sitzt ihr vor der Röhre,
doch schaut eigentlich ins Leere.
Denn ihr habt seit Jahr und Tagen
euch schon längst nichts mehr zu sagen.
Kinder sind schon lang entschwunden
und das Leid ist überwunden.
Was wär ohne das Geflimmer
abends los in euerm Zimmer?

Eintönigkeit,
vielleicht auch Streit
und es fehlt die Heiterkeit.

Ohne Fernsehn, glaubt mir, Leute,
gäb es noch mehr Scheidung heute.
Noch mehr Gattenmord, ich wette,
in der Küche und im Bette.
Mancher Mann, der nachts zu Haus ist,
und nicht mit den Freunden aus ist,
macht aus Bildern sich 'ne Gaudi,
träumt des Nachts von Schiffer Claudi.

Und solch Glück,
wo gäb's das schon,
gäb es nicht Tele-Vision!

Nun, man muß es leider sagen:
Fernsehn ist unsern Tagen
oft die einz'ge Möglichkeit
abends noch in Zweisamkeit
Tageslasten abzustreifen,
ohne Worte zu ergreifen.
Noch größres Glück ist in der Tat,
hat jeder seinen Apparat.
Und jeder sagt zum andern dann:
»Du guckst dir nur noch Sch... an!«

Gute Nacht!

Spätes Glück

Auf einer Parkbank saß ein altes, nettes Herrchen. Es tupfte sich ein paar Schweißtropfen von der Stirn und betrachtete mit liebevollem Blick sein kleines Einkaufsnetz, in dem ein Pfündlein grüne Bohnen steckte. Da kam ein kleines, nettes, altes Mütterchen des Wegs. Das Mütterchen setzte sich auf die Parkbank, tupfte sich ein paar Schweißtropfen von der Stirn und betrachete mit liebevollem Blick sein Einkaufsnetz, in dem ein halbes Pfündlein Hammelfleisch steckte.

»Da haben Sie ja grüne Bohnen«, sagte das Mütterchen zu dem Herrchen und hüstelte verlegen.

»Jaja«, sagte das Herrchen zu dem Mütterchen und hüstelte verlegen.

Dann klopfte ein Specht, und beide lauschten und lächelten.

»Ich habe Hammelfleisch«, sagte das Mütterchen.

Antwortete das Herrchen: »Ich hab keins.«

Da sahen sie sich lange schweigend an. Und ihre Herzen begannen allmählich schneller zu schlagen.

Klopf, klopf, klopf machte es.

Klopf, klopf, klopf machte der Specht. Und die rechte Hand des Herrchens streichelte leis und scheu die linke Hand des Mütterchens. Dann erhoben sich die beiden und gingen mit kleinen und beschwingten Schritten von dannen. Hand in Hand.

»Jetzt müssen wir nur noch Bohnenkraut holen«, hörte man das kleine, nette Mütterchen sagen.

Und das alte, nette Herrchen antwortete: »Mit dir will ich bis ans Ende der Welt gehen.«

Darauf hüstelten beide ein bißchen.

Und der Specht klopfte. Fröhlich.

Sünden-Fall

Ich hab von einem Apfelbaum
heut einen Zweig gebrochen.
Die Blütenknospen waren kaum
aus ihrem Schlaf gekrochen.

Den Zweig hab ich der Liebsten leis
gelegt vor ihre Türe,
damit sie mein Verlangen heiß
in ihrem Herzen spüre.

Sie hat das Zweiglein nicht erblickt,
weiß nichts von meinem Gruße.
Die Blütenknospen sind zerknickt
von einem Männerfuße.

Dem Baum wird nun zur Herbstenzeit
vielleicht ein Apfel fehlen –
ich aber muß mir voller Leid
ein andres Liebchen stehlen.

Meier Motzen – schwer geknickt

Nun liegt der Muttertag schon wieder ein Stück hinter uns. O ja, es war wieder einmal schön. Doch nicht für Meier-Motzen, den bekannten Preisträger! Er hatte im engsten Familienkreise ein derart deprimierendes Erlebnis, daß er selbst heute noch mit leicht verstörter Miene herumstolpert.

Was geschah?

Bereits einen Tag vor dem Muttertag hatte sich der bekannte Preisträger vorgenommen, seine liebe Ehefrau wieder einmal richtig zu verwöhnen und mit Artigkeiten zu überhäufen. Deshalb stand er auch als erster auf. Er bereitete ein Wannenbad mit Schaumbad Kirschblüte vor, kochte Kaffee und Eier, deckte den Frühstückstisch und rief dann zärtlich durch den Flur: »Schatzimüpschen, aufstehen! Das Wännchen ist bereitet, und das Kaffeetischchen ist gedeckt! Huhu!«

Da steckte der halberwachsene Sohn des Preisträgers den Kopf aus seinem Zimmer heraus und sagte: »Mensch, Vadda, reiß dir zusammen. Du bist zu Hause! Wenn det nu Mutter jehört hätte!«

Ein Weihnachtsbaum erzählt aus seinem Leben

Ich heiße Johann Gottlieb und bin Fichte.

Eine Tante von mir ist Kiefer und heißt Marianne. Man sieht also, auch Nadelbäume wurzeln in unterschiedlichen philosophischen Traditionen.

Wir haben auch ein schwarzes Schaf in der Familie. Er ist Alkoholliebhaber und deshalb Blautanne. Seine Nadeln sind ziemlich geschwollen. Wahrscheinlich ist er deshalb besonders beliebt. Er tritt sogar bei Weihnachtssendungen im Fernsehn auf, und Künstler singen dann vor ihm oder singen daneben. Manchmal zeigt ihn die Kamera in Großaufnahme. Da ist er immer ganz aufgeregt und nadelt unter sich.

Das wird aber vom Ballett vertanzt.

Ich selbst, als einfache Fichte, halte mich aus solchen Sendungen lieber raus. Ich bin ein Baum für die Stube, von der Lindenstraße bis zur Karl-Marx-Allee.

Ich gucke auch weniger in die Röhre und höre lieber Radio. Hör ich Antenne Brandenburch, dann gehn mit mir die Nadeln durch! Ich bin noch nicht alt, aber habe dennoch eine recht interessante Vita.

Meine Großmutter sagte zu Vita noch Lebenslauf. Sie ist gestorben. Woran man sieht: Ohne Vita geht's eben nicht.

Ich bin von Geburt Brandenburger, also umgeben von vielen Kiefern aufgewachsen.

Wir haben uns aber gut vertragen. Nur zweimal haben welche gerufen: »Ausländer raus!« Das waren Latschen-Kiefern, die haben nicht viel im Wipfel.

In unserer Gegend werden alle Jahre wieder viele Weihnachtsbäume geschlagen. Aber zum Glück eben nur zur Weihnachtszeit.

Die Fußballmannschaft unserer Gegend wird jeden Sonnabend geschlagen.

Meine Kindheit verlief friedlich und recht harmonisch. Ich besuchte die Baumschule und den Schulhort »Emil Waldteufel«.

Ich wurde mehrmals mit der FDJ-Ehrennadel ausgezeichnet. FDJ hieß »Fichte des Jahres«.

In unserer eingezäunten Schonung wuchs ich so vor mich hin und allmählich heran. Nur manchmal hat es in der Nachbarschaft ganz schön geknallt. Da fanden Diplomaten-Jagden statt.

Aber die meisten Diplomaten kamen durch.

Als ich die Baumschule beendet hatte, wollte ich gern studieren. Aber man ließ mich nicht, denn eine entfernte Verwandte von mir lebte als Douglasie in den USA. Deshalb hatte der alte Oberförster auch eine Akte von mir angelegt. Darin wurde ich als IM geführt. Das hieß: Immer müde.

Aber ich war prächtig gewachsen.

Deshalb wurde ich auch nicht zum Weihnachtsbaum gemacht. Damals wurden in erster Linie die mickrigen und zerknautschten Typen auf den Markt geschleudert.

Es ist erstaunlich, was die Menschen dann mit Kugeln, Lametta und anderem Krimskrams aus solch einer Krücke herausholten. Das ist ja heute ganz anders.

Auf welchen Baum-Markt man auch schaut: Fast jeder Baum ist ein Prachtstück. So mancher Käufer ist froh, wenn er mit einem billigen Strunk ein Schnäppchen gemacht hat. Trotzdem hoffe ich, daß auch ich als schmucker Kerl eine Chance habe, in gute Hände zu kommen.

Denn wenn ich die Baumpreise betrachte, muß es doch mehr Besserverdienende geben, als die Arbeitslosenstatistik aussagt.

Manche Leute bevorzugen ja einen immergrünen Kunststoffbaum.

Diese Dinger sind unsereinem fast zum Verwechseln ähnlich. Sie haben aber einen anderen Körpergeruch.

Aber wenn diese unechten Gestalten auch noch mit unechten, also elektrischen Kerzen auftreten, dann können nur noch die brennenden Flügel der Holzpyramide für einen gemütlichen Stubenbrand sorgen.

Ich meinerseits bleibe lieber beim alten Stil und träume schon jetzt von einem angenehmen

Einsatzort mit Pfefferkuchenduft, strahlenden Kinderaugen und einer Omi, die mit den Kindern Weihnachtslieder singt, bis der Papa ruft: »Haltet die Klappe, im Fernsehn singt Heino ›Stille Nacht!‹« (Ich glaube, ich muß jetzt meinen Bericht abbrechen. Es sieht so aus, als will mich einer kaufen. Tatsächlich.)

Jetzt wird er wohl gleich nach alter Gewohnheit eine Schnur aus der Tasche ziehen, um mich herum- und unter mir durchkrauchen, um mich einigermaßen verschnürt nach Hause zu schleifen. Aber nein! Ich werde in eine Art Kanone geschoben und in ein Netz geschossen.

Donnerwetter!

Das ist eine tolle Sache! Bestimmt eine Erfindung aus dem Westen.

Damit gehöre auch ich nun zu all den Glücklichen, die dem Westen ins Netz gegangen sind. Frohes Fest!

Willenserklärung

Ein neues Jahr steht vor der Türe.
Es macht noch etwas Maniküre,
dann packt es uns mit Haut und Haar
und zerrt uns in den Januar.

Es wollte uns wohl überraschen
und glaubt, es könne uns vernaschen
als willenlose, fette Beute,
als sündige, labile Leute.

Doch eh' sich's kichernd mit uns brüstet,
schallt unser Ruf: Wir sind gerüstet!
Wir werden keineswegs verkommen!
Wir haben uns viel vorgenommen.

Wir werden der Gesundheit leben
und nur noch selten einen heben.
Nur manchmal, nach zu fettem Essen,
ein Körnchen durch die Röhre pressen.

Wobei wir gleichzeitig erklären,
daß wir uns sehr durchdacht ernähren,
weil Eisbein spielend leicht verdaut wird,
wenn Sauerkraut sehr gut zerkaut wird.

Wir werden auch sehr wenig rauchen
und Zigaretten nur noch schlauchen
und von dem Geld, das wir dann sparen,
zu fernen Sonnenstränden fahren.

Doch auch wenn wir zu Hause bleiben,
gibt's hin und wieder muntres Treiben;
mit Freunden flotten Budenzauber.
Und unsre Oma macht dann sauber.

Auch Vater will mehr aus sich machen
und nicht in abgewetzten Sachen
des Abends vor der Röhre hocken.
Er liebäugelt mit frischen Socken.

Wir wollen allgemein im Leben
mehr Charme und Höflichkeit erstreben,
dem Nachbarn mal ein Lächeln schenken,
egal, was wir uns dabei denken.

Wir wolln auch mal mit vollen Händen
für gute Zwecke etwas spenden
und tun dies nicht nur aus Reklame.
Obwohl's nichts schadet, fällt der Name.

Kurzum: Wir wolln so viele Sachen
sehr gut und noch viel besser machen.
Wir werden unser Wort auch halten.
Und das Wort heißt: Wir bleib'n die alten!